Une jument dans les flammes

Titre original :
Phantom Stallion
Dark Sunshine

TERRI FARLEY

UNE JUMENT DANS LES FLAMMES

Traduit de l'anglais (américain)
par Catherine Guillet-Danison

Castor Poche Flammarion

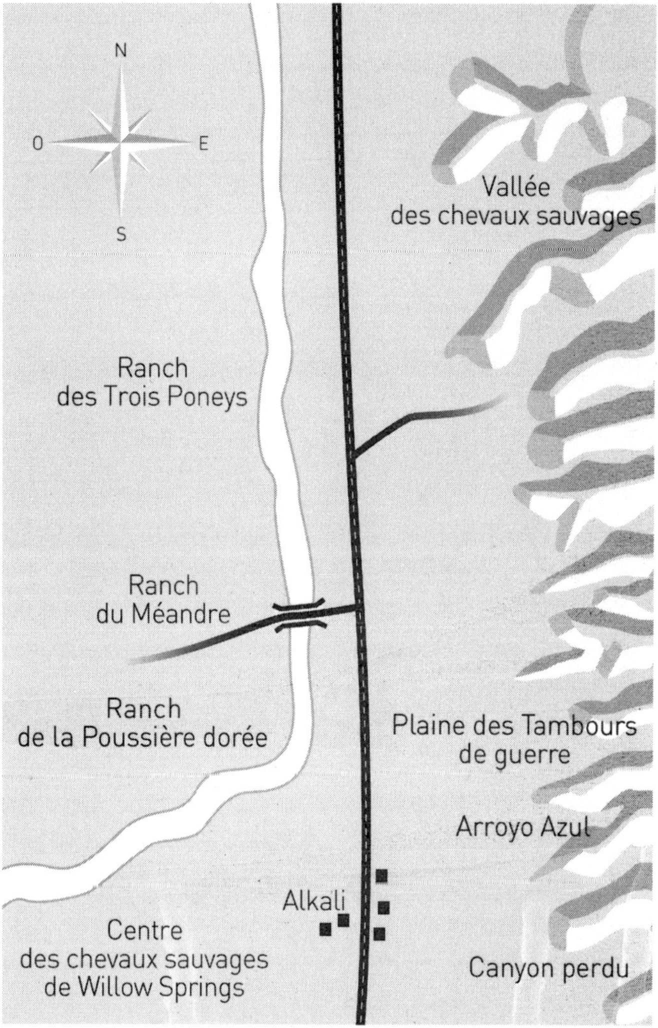
N
O
E
S
Vallée
des chevaux sauvages
Ranch
des Trois Poneys
Ranch
du Méandre
Ranch
de la Poussière dorée
Plaine des Tambours
de guerre
Arroyo Azul
Alkali
Centre
des chevaux sauvages
de Willow Springs
Canyon perdu

Chapitre I

Samantha Forster respira la douce odeur des chevaux et de la paille portée par la brise matinale. Elle referma doucement la porte derrière elle. Dans la maison, tout le monde dormait. À se lever ainsi à quatre heures du matin, elle avait même précédé son père.

Sam étouffa un bâillement. Elle aurait pu dormir plus longtemps en ce samedi de septembre, mais elle et Jen* s'étaient fixé une mission, à accomplir avant le lever du soleil.

Les deux amies voulaient percer le secret du Canyon perdu dès le petit jour. Des événements insolites s'y produisaient. D'étranges

* N. d. T. Jennifer Kenworthy. Voir *Cheval fantôme – Un mustang dans la nuit*.

panaches blancs s'en échappaient. Était-ce de la poussière, de la fumée, ou bien des esprits comme le suggéraient certains anciens de la tribu shoshone ? Sans compter qu'on y entendait aussi des cris sinistres.

Quelques jours auparavant, un matin, Sam et Jen avaient été surprises à l'arrêt de bus par les gémissements lointains. Elles savaient bien, l'une comme l'autre, que ce ne pouvaient être les cris des poneys appartenant à des guerriers shoshone, que les troupes de la cavalerie avaient massacrés un siècle plus tôt, durant la guerre de Sécession*. Mais elles avaient néanmoins réussi à se faire peur par maintes suppositions, et c'est avec la chair de poule qu'elles étaient enfin montées dans l'autobus qui les emmenait à l'école.

Ses bottes à la main, Sam descendit sur la pointe des pieds de la galerie en bois qui longeait la façade de la maison blanche à un étage du ranch du Méandre.

La nuit enveloppait encore les enclos et les corrals, la grange et le bâtiment où dormaient les employés, ainsi que toutes les terres sur lesquelles les herefords pacageaient en liberté.

* Voir *Cheval fantôme – Un mustang dans la nuit* (N.d.T.).

Bien que le Fantôme ne soit jamais venu au ranch juste avant l'aube, et qu'il soit peu probable qu'il le fasse un jour, Sam, en enfilant ses bottes, jeta un coup d'œil vers la rivière pour le cas où il s'y serait trouvé. Puis elle prit ses sacoches et sa gourde et se dirigea vers la grange.

Devant le bâtiment des employés, Flamme lança un aboiement étouffé. Effrayé par le colley, un des chevaux dans le pâturage de quatre hectares s'éloigna au galop et, près de la grange, un bref hennissement se fit entendre.

— C'est moi, mon bébé, souffla Sam en accélérant le pas pour que Caïd ne s'agite pas trop.

Rapide comme l'éclair, elle ôta le verrou qui fermait la porte entre la grange et le corral. Caïd entra tandis qu'elle allumait les néons du plafond. Le petit mustang était si heureux de voir sa maîtresse qu'il poussa Sam du bout du nez contre la cloison de la grange.

— Oh, que tu es mignon ! lui dit Sam en prenant sa tête entre ses mains et en déposant un baiser sur son chanfrein.

Elle l'avait pansé la veille, mais décida de lui passer l'étrille. Ni entravé ni attaché, les yeux à demi fermés, Caïd se laissa bercer par les mouvements de la brosse qui le massait. Lorsque Sam s'arrêta, il tourna la tête vers elle d'un air déçu.

Mais Sam avait à faire. Elle lui mit son tapis, sa selle, et remplaça son licol par un bridon.

Prise de frissons, elle s'aperçut qu'elle avait oublié de prendre son manteau. Elle attrapa le sweat-shirt vert pâle qu'elle gardait suspendu à un crochet dans la grange et laissa tomber les rênes de Caïd par terre.

Comme tous les poneys de ranch bien dressés, Caïd savait que, lorsque sa maîtresse laissait ses rênes au sol, il était censé ne pas bouger. Il se permit malgré tout de renâcler et de piaffer jusqu'à en soulever un nuage de poussière, tant il lui tardait de partir se promener.

— Un peu de patience, lui répondit la voix feutrée de Sam qui venait de passer son sweat-shirt sur ses cheveux auburn coupés court.

Une fois dehors devant la grange, le petit mustang leva sa fine tête aux lignes de pur-sang arabe et, les naseaux dilatés, huma la brise, le regard tourné vers les monts Calico, dont la cime au loin s'ourlait déjà d'une bande bleu nuit.

Sam sauta en selle :

— Ne te fais pas trop d'illusions, dit-elle à Caïd. On s'en va dans la direction opposée.

D'un léger mouvement du bassin, Sam indiqua à Caïd que le moment du départ était venu. Le poney partit au pas vers le pont.

— Ne t'attends pas à le voir, mon cheval, dit Sam.

Elle essayait davantage de se convaincre elle-même que de convaincre Caïd, car elle savait pertinemment que le Canyon perdu était le refuge secret des chevaux sauvages : le Fantôme les y avait conduits, elle et Caïd, par un passage secret.

Jen et son énergique jument palomino* n'étaient pas à la mare située dans la plaine des Tambours de guerre. Malgré sa déception, Sam n'était pas très étonnée.

Jen avait passé la semaine à renifler, à se moucher, à éternuer, mais avait refusé de manquer un seul jour d'école. Il était fort probable que la grippe avait fini par la rattraper.

Sam devrait s'en sortir seule.

Soudain, un bruit aigu et tremblotant se fit entendre, qui se transforma vite en cri perçant.

* En Europe, c'est une simple couleur de robe, dorée avec des crins blancs. En Amérique, c'est une race uniquement fondée sur cette couleur (N. d. T.).

Caïd tressaillit. Sous l'épaisseur de la selle et du tapis, Sam le sentit trembler et comprit que le hurlement n'était pas celui d'un couguar, mais la longue plainte d'un cheval terrifié.

Aussitôt, Sam fit pivoter le petit mustang et, tournant le dos à la mare, se dirigea vers l'éboulis de rochers et les buissons d'armoise qui menaient vers le passage secret. Le hongre avança sans résister, mais son corps et ses membres étaient raides.

— Je sais que tu ne veux pas y aller, mais ce cheval est en danger, lui dit Sam.

Elle savait que le Canyon perdu se trouvait quelque part entre eux et le pic enneigé qui s'élevait non loin de là.

— Allez, Caïd. Si c'était toi qui hurlais comme ça, je serais heureuse que quelqu'un te vienne en aide.

À contrecœur, Caïd passa au petit galop, mais le sentier était si abrupt qu'il ne put longtemps maintenir sa foulée. Au bout d'un moment, le sol s'aplanit. Devant eux s'élevait un mur de pierre, le long duquel de l'eau suintait d'une crevasse.

Ils repartirent sur le côté. Bientôt, il devint évident aux empreintes sur le sol que le sentier était fréquenté par les cerfs. Un peu plus loin, apparut une étendue de granit. Face à cette plaque lisse, Sam fit ralentir Caïd et, tout en caressant sa crinière noire et drue, tendit l'oreille. Les gémissements s'étaient tus depuis quelques minutes. Sam ferma les yeux pour mieux se concentrer et, à cet instant, perçut un nouveau son. Cette fois, c'était un vrombissement de moteur, semblable à une tronçonneuse. Ils étaient déjà si haut dans la montagne qu'il aurait pu venir de n'importe où.

— Encore un petit effort, Caïd.

Prudent sur le sol glissant, le hongre se remit en marche d'un pas hésitant. Lorsque Sam le força à prendre une vire étroite, il s'exécuta, mais il était si récalcitrant qu'il s'ébroua énergiquement pour exprimer son désaccord. Aller chercher de l'herbe et de l'eau ne le gênait pas. Courir après les veaux même ne le gênait pas. Mais pourquoi se précipiter dans un lieu où un cheval se trouvait *déjà* en difficulté ? Désabusé, Caïd agita sa crinière.

Soudain, le terrain rocailleux céda la place à une zone sablonneuse. La couverture de végétation avait disparu. Seul un épais massif de genévriers se tenait là, et encore les branches situées du côté du sentier avaient-elles perdu leurs aiguilles. Ce n'était pas normal.

Sam aurait bien aimé que le soleil se lève maintenant. Le vrombissement se rapprochait, mais sa source demeurait invisible. C'est alors qu'un bruit de sabots lancés au galop lui parvint. Caïd tourna vivement l'encolure.

— Je suis d'accord, mon cheval, il vaut mieux qu'on déguerpisse, lui dit-elle.

Mais par où ? Ils ne pouvaient pas rebrousser chemin, car les sons, désormais, venaient clairement du sentier qu'ils avaient escaladé. Scrutant le terrain alentour, Sam remarqua qu'un rocher se dressait juste à côté des genévriers. Elle sauta à terre et courut se cacher derrière, tirant Caïd après elle.

Au même moment, une jument isabelle surgit. Toupet et crinière noirs au vent, la robe jaune-beige luisante de transpiration, la bouche écumante, les yeux exorbités de terreur, elle fonça sans hésiter sur cette vire qui se resserrait en entonnoir avant de s'ouvrir sur un replat.

Lorsqu'elle passa devant eux, Sam remarqua un bandana rouge sur son garrot.

C'était un piège ! Sam le comprit avant même de voir les autres chevaux. Dressée par l'homme, la jument servait d'appât. Au risque de plonger dans le vide, les mustangs affolés la suivaient, leurs sabots dérapant sur le rebord friable de l'escarpement.

Mais ils poursuivirent leur course folle. Seule une chose leur importait : échapper aux deux mugissants qui les pourchassaient et aux braillements perçants des cow-boys à chapeau de paille qui les conduisaient. Les chevaux se heurtaient les uns les autres, se cognaient contre les rochers, mais ils ne se seraient jamais arrêtés. Leur peur des hommes et de leurs machines était plus grande que celle de faire une chute.

Soudain, une jument isabelle sauvage aux antérieurs couverts de zébrures bondit vers un raidillon dont l'embranchement se trouvait juste après le rocher derrière lequel Sam et Caïd étaient cachés. Mais le sentier ne menait nulle part. La jument pivota sur ses postérieurs. Sam l'observa dévaler la pente dans une avalanche de rocaille et la reconnut : c'était la jument qui menait le troupeau du Fantôme.

Sam se couvrit la bouche. Non ! Quelques semaines plus tôt à peine, le Bureau de gestion des terres avait remis le Fantôme en liberté, sous sa protection, dans l'espoir que ce dernier jouerait son rôle d'étalon reproducteur auprès des juments sauvages et qu'il ferait prospérer la lignée des mustangs*. Comment voulait-on qu'il y parvienne si on lui enlevait son troupeau ?

Sam réfléchit. Si elle se montrait maintenant, elle affolerait certainement encore plus les chevaux et risquerait de précipiter leur chute dans le vide. Il valait mieux attendre qu'ils soient enfermés dans le corral que l'agence gouvernementale avait dû monter quelque part non loin de là. Toutefois, ce rassemblement ne ressemblait en rien à ceux qui étaient normalement organisés par le Bureau de gestion. Ce dernier n'aurait jamais mis en danger ni effrayé, avec tant de sauvagerie et de férocité, des chevaux qu'il était censé protéger.

Sam en était là de ses réflexions lorsque les engins passèrent à vive allure devant le rocher. Ce n'étaient pas des motos tout-terrain. C'étaient des quads. Le conducteur du premier était vêtu d'une chemise à imprimé camouflage. Attaché sur le côté du second véhicule, se trouvait un étui renfermant un fusil.

* Voir *Cheval fantôme – Un mustang dans la nuit* (N.d.T.).

Ces fous furieux ne travaillaient pas pour Brynna Olson*. C'étaient des voleurs de chevaux.

Caïd leva la tête. Avant qu'il ait le temps de pousser un hennissement, Sam lui attrapa le bout du nez et le tira vers le bas en pressant sa joue contre son chanfrein.

— Ne fais pas de bruit, je t'en supplie, murmura-t-elle. Ce sont des bandits.

Des hommes capables de commettre un crime condamné par le gouvernement fédéral des États-Unis n'auraient aucun scrupule à s'attaquer à des témoins de leurs méfaits. La gorge de Sam se serra. Si quoi que ce soit lui arrivait, sa grand-mère et son père présumeraient qu'elle avait été victime d'un autre accident de cheval. Peut-être ne découvriraient-ils jamais la vérité.

Sam avisa alors un yearling à la robe noire et lisse, suivi de près par deux juments alezan brûlé. Il n'y avait pas de doute. C'était bien le troupeau du Fantôme. Comment pouvait-elle les aider ?

Sam tourna la tête. Plus loin, après le rocher, la jument isabelle s'était arrêtée au

* Voir *Cheval fantôme – Un mustang dans la nuit* (N.d.T.).

milieu d'un espace fermé au fond par la muraille rocheuse. La jument avait plongé la tête dans un seau posé là et qui débordait de céréales. Ses flancs se soulevant comme d'énormes soufflets, elle s'était mise à engloutir les graines à grands traits désespérés. Elle était si avide qu'elle en renversait la moitié. Cela devait faire longtemps qu'elle n'avait pas mangé. C'est de cette façon que les voleurs de chevaux la forçaient à conduire les autres vers un piège.

Elle avait si faim qu'elle en ignora le chaos qui s'était créé derrière elle à l'entrée du goulet d'étranglement. Comme Sam, les chevaux avaient fini par discerner le piège. Des cordes avaient été tirées de chaque côté du chemin et dissimulées sous des sacs-poubelle de couleur kaki. Si le troupeau s'engageait dans ce chenal, il serait canalisé de force vers un corral de fortune, ceint de panneaux métalliques si hauts qu'il n'aurait aucune chance de les franchir. Inspirés par la tentative de fuite de la jument isabelle sauvage, certains avaient donc fait demi-tour pour tenter de recouvrer leur liberté. Mais piège et quads ne leur laissaient aucune issue.

Soudain, Sam avisa un troisième homme, à cheval. Le bras levé, il pointait le doigt dans sa direction. Glacée d'effroi, Sam pensa qu'il l'avait repérée, mais l'homme hurla alors :

— Il est à moi !

Avant même de voir, Sam avait compris. Puis le Fantôme surgit.

Son corps musclé et furieux perça le nuage de poussière d'un éclat d'argent. Aussitôt, tête et encolure baissées, il mordit violemment la croupe d'une jument rouanne, la poussant droit vers le ravin. À son grand étonnement, Sam aperçut alors un chemin, qui descendait à pic, mais qui les mènerait vers la liberté.

Pivotant sur ses postérieurs, le Fantôme alla se placer derrière une autre jument, et d'un balancement de tête, la poussa dans la même direction que la première. Elle était si perdue, si affolée, qu'il n'hésita pas à lui donner un coup de dents féroce.

Tel un serpent frappant encore et encore, l'étalon d'argent rassembla son troupeau pour l'arracher au piège dans lequel il était tombé.

— Arrêtez-le ! Ils vont tous s'enfuir !

— Fermez la barrière !

Dans un bruit assourdissant, les quads s'approchèrent, poussant les chevaux plus vite encore vers le sentier qui leur permettrait de s'échapper. Cependant, au choc des sabots sur la roche, Sam comprit que certains trébuchaient et tombaient tant le versant devait être abrupt.

L'homme à cheval s'approcha alors au trot, faisant virevolter au-dessus de lui la boucle d'un lasso. Il voulait attraper le Fantôme !

Sam se recroquevilla de peur. Elle savait à quel point le Fantôme redoutait et haïssait les cordes. S'il ne lui restait plus qu'elles ou le précipice, il choisirait ce dernier.

Voyant l'homme arriver, la jument isabelle s'effaroucha et s'enfuit avant d'être brutalement arrêtée dans sa course par l'un des panneaux métalliques de l'enclos de fortune, qui avaient été camouflés avec des branches de genévrier.

Il ne restait plus que quelques chevaux : une vieille jument baie, un rouan belle face*, le yearling noir et un poulain alezan. Ils n'étaient pas assez nombreux pour que soit risqué le sort du troupeau tout entier. Pourtant, le Fantôme décida de rester.

« Cours ! Maintenant ! » Comme Sam l'avait déjà fait, elle tenta d'établir la communication mentalement avec l'étalon d'argent. En vain. Il n'abandonnerait pas ses sujets.

* Se dit d'un cheval dont la majeure partie de la tête est blanche, du front aux lèvres et latéralement vers la bouche (N.d.T.).

C'est alors que, dans un sifflement, le lasso fendit l'air. Par bonheur, sa boucle se referma trop tôt et retomba mollement sur le dos de l'étalon. Tout en lançant des jurons, l'homme à cheval ramena la corde vers lui d'un coup sec.

« Cours, mon cheval, cours ! »

Alors que le cavalier se préparait pour son second lancer, le Fantôme se précipita dans le piège.

— Fermez la barrière !

Les jambes de Sam se raidirent. Le conducteur de l'un des quads descendit de son véhicule et Sam s'apprêta. S'il le fallait, elle quitterait la protection de son rocher et se jetterait sur l'homme pour l'empêcher d'enfermer le Fantôme. Ce dernier, toutefois, avait compris et pivotait déjà tout en aiguillonnant le poulain devant lui.

« Attends, se dit Sam. Il va y arriver. Il peut s'en sortir. »

Lancés à toute allure, les deux chevaux percutèrent alors le portail que l'homme refermait, le renversant au passage. Tout en tombant, l'homme tendit le bras. On aurait dit qu'il voulait s'agripper à la crinière du Fantôme. Ce dernier s'immobilisa, tandis que le jeune alezan poursuivait sa course. L'étalon tourna la tête vers le conducteur du quad. Les oreilles couchées, les yeux à demi fermés, il montra les dents. Aussitôt, l'homme se leva d'un bond et détala à toutes jambes.

Fouaillant fièrement de la queue, le Fantôme rejoignit son troupeau en quelques foulées, et disparut à sa suite par-dessus la corniche.

Sam sentit le souffle de Caïd. On aurait dit qu'il soupirait. Il devait être aussi soulagé que Sam. Pourtant, tous les dangers n'étaient pas écartés, loin de là. D'autres les attendaient.

Chapitre 2

Accroupie, Sam attendit. Elle aurait aimé que le feuillage des genévriers ne soit pas si clairsemé. Elle aurait aimé aussi que le jour ne se soit pas levé pendant que le Fantôme et les voleurs s'affrontaient.

Les trois chevaux restés prisonniers n'occuperaient pas les hommes longtemps. Tôt ou tard, ils se rendraient compte de sa présence.

Le yearling noir trottait à une ou deux foulées devant la jument baie et le puissant rouan. Depuis un moment, tous trois faisaient le tour de l'enclos en longeant les panneaux métalliques. Dès qu'ils arrivaient sur la jument isabelle, dont la robe claire brillait comme une tache de soleil parmi leurs robes sombres, ils changeaient de direction pour l'éviter. Quant à son seau de céréales, il ne les intéressait absolument pas, ce qui ne l'empêchait pas, elle, de leur décocher chaque fois un coup de sabot en signe d'avertissement.

En réalité, les mustangs n'avaient qu'un seul but : trouver le moyen d'échapper à leur captivité. Au bout d'un moment, ils s'arrêtèrent pour appeler de leurs hennissements le reste de leur troupeau. Aussitôt, les naseaux de Caïd vibrèrent. Prise de sueurs froides, Sam s'empressa de lui plaquer les mains sur le bout du nez pour l'empêcher de leur répondre. Mécontent, le petit mustang se dégagea vivement, mais resta tranquille.

— La barbe ! C'était pas la peine qu'on se fatigue, lança l'un des hommes en descendant de son quad avant d'enlever son chapeau et de se frapper la cuisse avec un geste rageur.

Sam avait vu son père faire ce mouvement des centaines de fois. Il lui avait toujours paru naturel, ce qui n'était pas le cas chez cet homme-là. Outre sa chemise camouflée, il était vêtu comme un cow-boy, mais ce n'en était pas un.

— Cette vieille carne est tellement maigre qu'on n'en tirera même pas cent dollars, reprit-il.

Son large visage couvert de taches de rousseur lui donnait un air si bon enfant que Sam l'en détesta d'autant plus.

— T'inquiète pas, le rouan compensera, lui dit le cavalier qui, toujours en selle, enroulait avec soin son lasso. Commencez à les charger dans le camion, je reviens.

Sam se demanda où il pouvait bien aller. Elle ne comprenait rien à ce dont ces hommes parlaient. Cent dollars ? Que voulaient-ils dire ?

Soudain, l'autre conducteur du quad sortit le fusil de l'étui fixé sur le côté de son véhicule. Sam se figea. La situation devenait dangereuse. Elle et Caïd devaient absolument rester invisibles. L'homme posa son arme par terre et rejoignit son complice. Sam eut alors le temps d'observer sa tignasse blanche et ses yeux globuleux. Elle voulait pouvoir tous les identifier si jamais la police les attrapait.

Cependant, les deux voleurs avaient entrepris de soulever ce qui ressemblait à une énorme couverture. On aurait dit une courtepointe en patchwork. En réalité, elle était faite de sacs de jute assemblés et avait servi à dissimuler un camion à bétail.

Sam frissonna. Ces hommes étaient bien organisés. Cela faisait vingt minutes au moins qu'elle avait les yeux tournés dans la direction du camion et elle n'avait rien remarqué. Du ciel, la bâche devait se fondre avec le terrain sablonneux et accidenté alentour. De l'endroit où Sam se trouvait, elle se confondait avec les rochers et les genévriers.

Le camion était un modèle assez récent de chez Ford, mais il avait été repeint d'une teinte sable sale, qui ne brillait même pas en plein soleil. Quant à la remorque, à l'exception d'une bande orange, probablement réfléchissante, tracée sur les côtés, elle était entièrement grise. À voir sa taille, elle devait pouvoir contenir douze têtes de bétail au moins.

Sam se demandait comment ils avaient pu conduire un si gros camion jusque-là et comment ils le redescendraient, mais les hommes s'affairaient avec une aisance telle qu'ils n'en étaient manifestement pas à leur coup d'essai.

Combien de chevaux avaient-ils déjà volés et où les avaient-ils conduits ?

Soudain, l'homme à cheval réapparut. Il sauta à terre et alla escalader la barrière de l'enclos. Lui n'avait pas seulement l'air d'un cow-boy ; il en avait aussi les manières. Toutefois, ce devait être un cow-boy fou pour s'exposer ainsi à des chevaux sauvages.

Sam comprit vite qu'il n'avait rien à craindre. À chacun de ses pas, les mustangs s'effarouchaient et s'éloignaient de lui. Il tenait dans son poing fermé le gros manche d'un fouet à bétail noir. Lorsque la jument isabelle s'en rendit compte, elle abandonna soudain son seau de céréales et rejoignit les autres. C'est à ce moment-là qu'elle se mit à hennir. Des hennissements comme ceux que Sam et Jen avaient entendus ce fameux matin à l'arrêt d'autobus.

Il était difficile de croire qu'un cheval puisse pousser de tels cris perçants. En général, les mustangs sont assez silencieux. Or cette jument portait sur l'encolure la marque du Bureau de gestion. C'était donc bien un mustang. Il n'y avait pas d'autre solution : on avait dû la dresser à hurler ainsi.

Cependant, les deux voleurs avaient descendu la rampe à l'arrière du camion et avaient entrepris d'abaisser l'un des panneaux métalliques de l'enclos. Aussitôt, les quatre chevaux s'élancèrent vers cette ouverture providentielle, mais ils comprirent vite où elle les menait. D'un seul mouvement, ils pivotèrent et repartirent dans l'enclos — où l'homme au fouet les attendait. La lanière siffla jusqu'à eux avant de claquer plusieurs fois sur le bout de leur nez. Chassant des postérieurs, les mustangs s'arrêtèrent en pleine course, avant de pirouetter et de repartir vers la rampe. Mais à un nouveau claquement du fouet, les mustangs ralentirent, avant de passer au pas, têtes basses. Leurs maxillaires se mirent alors à effectuer des mouvements de mastication, un signe de soumission chez les chevaux sauvages. Ils capitulaient déjà ! Sam n'en croyait pas ses yeux. Ils n'avaient opposé aucune résistance, ou presque.

Au pied de la rampe, ils bronchèrent. Mais le fouet et les cris des hommes leur rappelèrent qui commandait. Malgré leur appréhension au son creux de leurs sabots sur l'aluminium, les chevaux grimpèrent. Ils ne savaient pas ce qui les attendait. Ils savaient seulement qu'ils voulaient échapper au fouet et aux hommes.

La jument isabelle était la dernière. Son corps entier tremblait tant que Sam eut peur qu'elle s'effondre. Elle réussit néanmoins à rassembler son courage et à poser les antérieurs sur la rampe. À ce moment précis, l'homme en chemise camouflée, prenant appui d'un pied sur la rambarde métallique, se hissa au-dessus de la jument et, avant qu'elle ait le temps de se dérober, attrapa le bandana sur son encolure et le lui glissa sur les yeux. La jument s'immobilisa.

— Comme d'habitude ! s'esclaffa l'homme. T'as toujours pas compris que tu partiras jamais avec eux, hein !

Devant tant de cruauté, Sam eut bien de la peine à rester cachée derrière son rocher. Maintenant, elle comprenait : ce n'était pas la première fois qu'ils affamaient cette pauvre bête et qu'ils l'utilisaient pour qu'elle attire les chevaux dans leur piège. Chaque fois que les mustangs montaient dans le camion, elle pensait pouvoir s'échapper avec eux. Chaque fois, ils la laissaient seule, les yeux bandés.

La gorge de Sam se serra et elle fit à la jument une promesse muette : dès que ces bandits seraient partis, elle la libérerait.

L'homme au fusil alla ranger son arme sur un râtelier fixé dans la cabine du camion. Sans cette menace, Sam aurait pris le risque de se dévoiler. Elle avait joué au basket au collège, et elle se savait rapide et agile. Elle aurait pu prendre les hommes de vitesse et délivrer la jument avant même qu'ils aient le temps de réagir.

Sans doute cela serait-il du vol aussi, mais Sam s'en moquait : elle venait de comprendre où ces criminels emmenaient les mustangs.

Seul un type de commerçants pouvaient être intéressés par l'achat de chevaux au poids — les bouchers.

Dans un bruit de grincement de vitesses et de ronflement de moteur, le camion s'éloigna, violemment bringuebalé de tous côtés. Il était impossible que les chevaux à l'intérieur réussissent à rester debout. Puis en cliquetant, il disparut derrière la montagne, où il entama sa difficile descente vers la vallée, loin des yeux curieux qui auraient pu l'apercevoir depuis la grand-route de l'autre côté.

Sam avait vu les trois hommes monter, mais ne réussit pas à bouger. Où était le cheval du cow-boy ? D'où ce dernier avait-il sorti son fouet ? Restait-il un homme qu'elle n'aurait pas vu ? Peut-être devrait-elle sauter sur Caïd et détaler à toute vitesse par où elle était arrivée. Elle regarda sa montre : il n'était que sept heures ! Elle aurait le temps de rentrer au ranch, d'appeler Brynna Olson au Bureau de gestion pour dénoncer le vol et lui donner le signalement des hommes et du camion, et de revenir libérer la jument.

À moins qu'ils ne livrent les mustangs à quelqu'un vivant non loin de là, auquel cas, ils risquaient d'être vite de retour.

Sam prit une gorgée d'eau à sa gourde et remarqua alors que la jument n'en avait pas. En dehors du seau en plastique, le corral était vide.

— Là, ils exagèrent, marmonna-t-elle à Caïd. Cette fois, je suis décidée, on l'emmène.

Après toute cette agitation, il n'aurait pas été sage de laisser Caïd rênes au sol, car le bon sens lui dirait de filer droit au ranch sans se retourner. Sam ne pouvait pas se permettre de rester dans cet endroit sans lui. Elle noua donc les rênes autour d'un tronc et scruta les alentours une dernière fois. Hormis la jument, rien ne bougeait.

— Caïd, il va peut-être se passer des choses étranges, murmura Sam. Si c'est le cas, réfléchis et agis comme un mustang, d'accord ?

Elle lui flatta l'encolure et sortit de sa cachette. Elle avança vers le corral d'un pas déterminé, tout en se demandant intérieurement à quelle vitesse elle serait capable de rebrousser chemin, de détacher Caïd, de sauter en selle et de s'enfuir, si jamais une voix tonnait : « Stop ! »

Les oreilles de la jument, d'un magnifique or sombre ourlé de noir, pivotaient à chacun de ses pas.

Sam s'arrêta devant la barrière. L'homme avait descendu le bandana sur les yeux de l'isabelle avec une telle négligence qu'elle n'aurait sans doute aucune difficulté à le lui ôter. Encore fallait-il qu'elle veuille bien s'approcher.

Comme cela paraissait peu probable, Sam décida d'entrer. Elle souleva le pêne, qui retomba dans un bruit de ferraille. Si une personne se trouvait encore dans les parages, elle ne pourrait pas ne pas avoir entendu. L'oreille tendue, Sam retint son souffle. Une ombre la fit sursauter, mais ce n'était qu'un faucon planant autour du pic enneigé.

Sam pénétra alors dans l'enclos, laissant le portail entrebâillé derrière elle pour le cas où quelqu'un se manifesterait et qu'elle doive repartir vers Caïd à toutes jambes. Bien qu'il soit presque impossible de courir avec des santiags aux pieds, si la barrière était déjà ouverte, elle pourrait tenter sa chance et, une fois sur Caïd, elle serait en sécurité. Elle s'en remettrait à lui pour la vitesse et l'équilibre.

Au lieu de se lancer dans toutes ces suppositions, elle aurait dû se concentrer sur la jument.

Soudain, deux antérieurs noirs fendirent l'air tout près d'elle. *On dirait un couguar.* À peine Sam avait-elle pensé ces mots que les sabots de la jument retombèrent. Sam se jeta par terre et roula en boule. Alors que les sabots s'approchaient, instinctivement, Sam mit ses bras en écran sur son crâne. Les yeux fermés, elle attendit.

La nuit l'enveloppa comme un essaim d'abeilles. La terreur faillit lui faire perdre connaissance. Toutefois, le coup affreux qu'elle attendait ne vint pas.

Les sabots de la jument retentirent sur le sol, puis s'éloignèrent. Aussitôt, Sam se remit debout. Les yeux toujours bandés, l'isabelle était sortie de l'enclos.

Sam rejoignit Caïd au pas de course. Elle s'inquiétait. Elle avait de bons yeux et lui, un bon équilibre. Pourtant, leur ascension avait été pénible et dangereuse. Comment cette jument réussirait-elle à dévaler la pente sans voir où elle allait ?

Haletante, Sam détacha les rênes de Caïd. Ses gestes étaient si empressés qu'elle se piqua le pouce sur une aiguille de genévrier. La jument était déjà sur les plaques lisses de granit. Puis elle s'engagea sur le sentier tortueux qui descendait vers la vallée.

Le flair lui avait soufflé de ne pas suivre le Fantôme et son troupeau par-dessus l'escarpement, mais savait-elle où elle se trouvait ?

Sam sauta en selle. Le hongre était impatient. Toutefois, elle garda les rênes courtes. Elle ne voulait pas rattraper la jument, au risque de l'affoler davantage encore.

— Du calme, mon cheval, souffla-t-elle en se penchant sur l'encolure du petit mustang. Il va falloir que tu coopères.

Ils suivirent la jument à distance jusqu'à ce qu'elle s'arrête sur le replat où l'eau suintait de la roche. Sam se souvenait de cet endroit. Ils étaient presque arrivés en bas.

La jument lapa l'humidité de la paroi. Cependant, Sam l'observa patiemment. La jument était de petite taille, un mètre trente à peine, et ses côtes saillantes étaient séparées par de grands creux. Sa crinière noire retombait en ondulant sur son épaule.

Subitement, avant que Sam puisse l'en empêcher, Caïd hennit doucement. Aussitôt, la petite jument se tourna vers eux comme avec joie et espoir. Elle s'aventura même à s'approcher d'un pas, glissa sur ses sabots que personne n'avait limés depuis longtemps, puis reprit son avancée tout en répondant à l'appel du petit mustang.

« Formidable », se dit Sam. La jument avait confiance en Caïd.

Sam se souvint de l'histoire que Brynna

Olson lui avait racontée sur son mustang aveugle, Penny, qui obéissait à tous ses ordres simplement parce qu'elle lui faisait confiance. Puis elle pensa au Fantôme, qui avait eu assez de confiance aussi en Caïd pour dévaler avec lui, dans la nuit, au grand galop, le flanc d'une colline*.

Sam décida de laisser faire les deux animaux, en espérant que la jument aux yeux bandés suivrait Caïd jusqu'au ranch.

Sur le chemin du retour, Sam garda les yeux rivés sur les nuages qui, semblables à des boules mousseuses de pissenlit, se détachaient sur l'horizon. Elle ne voulait pas regarder la jument de peur que cette dernière ne le sente et s'effarouche.

Lorsque Sam perçut le bouillonnement du torrent et vit le panneau de bois rectangulaire qui marquait l'entrée du ranch du Méandre, elle sut que la dernière épreuve approchait. La jument entendrait le claquement de ses sabots sur le pont de bois. Elle flairerait l'odeur de chevaux inconnus, d'êtres humains.

Quant à Sam, elle aurait sa propre épreuve à passer : son père.

* Voir *Cheval fantôme – L'étalon sauvage* (N.d.T.).

Depuis son retour quelques mois plus tôt, Sam n'avait cessé de sous-entendre, de suggérer, de faire comprendre qu'elle voulait adopter un mustang. Chaque fois, son père avait refusé. Dans son ranch, insistait-il, chaque animal devait pouvoir gagner son pain.

Sam pensa à Fraise, à Banjo, à Caïd et à Tank, entre autres poneys qui travaillaient dur et intelligemment pour le Méandre. Puis elle tourna de nouveau son attention vers la petite jument. Il n'était pas certain que même une alimentation riche et coûteuse fasse disparaître son tempérament ombrageux et nerveux. Le seul argument qui jouait en sa faveur était que, pas plus que Sam, son père n'aurait eu le cœur d'abandonner l'isabelle à son triste sort.

Cela faisait bientôt une heure que la jument suivait Caïd. Lui semblait être conscient de la responsabilité qui lui incombait. Lorsque la jument avait traîné, il avait ralenti sa foulée. Lorsqu'elle avait marché de front avec lui, mais à distance, ses oreilles s'étaient fixées dans sa direction.

À un moment donné, elle était venue si près que son poitrail squelettique avait heurté l'étrier. Sam avait senti une vague de sympathie monter en elle, mais elle n'avait rien dit.

Les mots ne réconforteraient pas un cheval qui n'avait connu que souffrance aux mains des hommes.

« On est bientôt arrivés, se dit Sam. Mon petit cheval, tu es presque en sécurité. »

Grand-Mère Grace avait dû les voir arriver par la fenêtre de sa cuisine, car elle sortit sous la galerie. La brise poussait sa jupe en jean contre ses jambes et soulevait des mèches de ses cheveux roulés en chignon. Le regard posé sur Sam, Caïd et la jument, qui traversaient le pont et s'approchaient de la maison, elle s'essuya les mains sur son tablier bleu.

Elle souriait. Sam connaissait bien cette expression. Sa grand-mère pensait à la mère de Sam et regrettait de ne pouvoir lui raconter ce qu'elle voyait. La mère de Sam était morte, mais Grand-Mère Grace disait que, lorsqu'elle faisait des prières la nuit, elle s'adressait souvent à sa belle-fille.

La jument broncha en longeant le grand pâturage. Elle avait senti et entendu qu'un grand nombre de chevaux s'étaient pressés contre la clôture pour la regarder passer. Privée de l'usage de ses yeux, elle ne pouvait déterminer si le bruit de leurs sabots était accueillant ou hostile. Elle devait avoir peur.

Elle resta néanmoins près de Caïd et l'imita lorsqu'il s'arrêta près de l'enclos circulaire.

À l'intérieur, Jake était occupé à débourrer le cheval d'un voisin. Dès qu'il les entendit arriver, il sortit, curieux de découvrir dans quels mauvais draps Sam s'était encore mise. Sam, elle, craignit que le grincement des gonds n'effraie la jument lorsque le portail se refermerait.

Jake avait seize ans, Sam treize. Mais lui paraissait plus vieux que son âge. Ses beaux cheveux noirs d'Indien Shoshone étaient noués sur sa nuque par une lanière de cuir et il portait des *chinks** en cuir frangé. Il embrassa la scène du regard, jaugeant la situation.

Puis il leva ses yeux marron vers Sam et, d'un signe de tête, lui fit comprendre qu'il ne parlerait pas pour ne pas effrayer la jument.

Sam alla desseller Caïd dans la grange, puis les conduisit, lui et l'isabelle, dans le corral attenant où se trouvait Douce, la docile jument pie de Grand-Mère Grace. Une fois le

* Les *chinks* sont des protections en cuir que les cowboys portent sur leurs jeans pour se protéger de la poussière. Les *chinks* descendent jusqu'aux genoux, les *chaps*, jusqu'aux chevilles (N.d.T.).

portail refermé, épuisée, Sam prit une gorgée d'eau à sa gourde tout en observant la petite isabelle. Manifestement, celle-ci avait l'habitude des corrals. Un cheval complètement sauvage se serait rué contre les barrières pour tenter de s'échapper.

Il est vrai que la jument avait toujours les yeux bandés, mais elle n'avait montré aucun signe de peur ou de résistance lorsque Douce et Caïd étaient venus l'entourer. Se presser contre elle, chacun d'un côté, plus précisément. Elle semblait déjà les avoir adoptés, comme un nouveau troupeau.

Rassurée, Sam tourna le dos au corral et se dirigea vers la maison. Jake venait à sa rencontre. À son sourire de gros matou satisfait, elle regretta de ne pouvoir l'éviter. Depuis leur enfance, depuis qu'elle le suivait partout comme un grand frère, il avait toujours arboré ce type d'expression condescendante lorsqu'il voulait lui donner une bonne leçon.

— Quoi ? aboya-t-elle avant qu'il ait le temps d'ouvrir la bouche.

— Salut, la môme, dit Jake.

— Arrête de me parler comme ça ! Et arrête de rire ! cria Sam, avant de boire une longue gorgée d'eau à sa gourde.

Jake profita de l'occasion :

— Il me tarde de voir la réaction de Wyatt quand il découvrira que sa fille est une voleuse de chevaux, lui dit-il calmement.

Chapitre 3

Sam s'étrangla de colère :

— Je ne suis pas une voleuse !

— Hum, hum, fit Jake. Je suppose que son marquage et son bandana sont venus tout seuls. À moins que son propriétaire t'en ait fait cadeau ?

— Non, reconnut Sam. Ça ne veut pas dire pour autant que je l'ai volée. Pas exactement. Si tu avais vu ce qu'ils lui faisaient...

Jake écarquilla les yeux :

— Le propriétaire était là ? De mieux en mieux, on passe du simple vol à vol avec voie de fait ?

— Bien sûr que non, s'offusqua Sam, sans être certaine de comprendre. J'ai juste... eh bien... il n'y avait rien d'autre à faire.

— Tu expliqueras ça au juge, lui lança Jake.

Là-dessus, il tourna les talons.

— Hé ! s'écria Sam, frustrée, en tapant Jake dans le dos du plat de la main. Tu ne peux pas partir comme ça !

— Tu paries ? lui fit Jake par-dessus son épaule.

— Si tu ouvrais un peu les yeux et daignais regarder cette jument, tu verrais qu'elle a été affamée, qu'elle est déshydratée, et que...

Sam s'interrompit, ne trouvant pas de mots pour expliquer la terreur que la jument avait manifestée.

— Elle... elle est malade. Elle a été traumatisée, reprit-elle.

Lentement, Jake se tourna vers Sam, le visage dissimulé par l'ombre de son Stetson noir :

— D'accord, je vais t'aider à lui enlever son vieux chiffon.

— Je n'ai pas besoin de ton aide, s'exclama Sam, vexée que Jake change d'avis uniquement par pitié pour la jument. Je veux que tu admettes que je ne l'ai pas volée, mais que je l'ai sauvée !

— Comme tu veux, marmonna Jake.

Sur ce, frôlant Sam au passage, il se dirigea

vers la grange au son clinquant de ses éperons.

— Tu détestes quand c'est moi qui ai raison ! railla Sam, en vain.

Jake ne se donna même pas la peine de répondre. Parfois, Sam se demandait s'il ne se taisait pas une fois un certain quota de mots atteint dans la journée.

Piquée, Sam s'empressa à sa suite. Il était déjà dans le bâtiment. Le temps qu'elle l'y rejoigne et que ses yeux s'habituent à la pénombre, il était passé dans le corral par la porte de communication.

Sam accéléra le pas. Jake s'approchait prudemment de la jument. Le plus calmement possible, il posa un pied sur l'une des planches, se hissa sur la barrière et tendit la main vers la tête de la jument.

Aussitôt, la petite isabelle explosa. Tout en lançant des hurlements perçants, elle se cabra avant de se laisser retomber avec une furie telle que l'un de ses genoux percuta violemment le haut de la barrière et y resta accroché.

— Tout va bien, ma fille. Tout va bien, murmura Sam à part soi, brûlant d'envie d'intervenir.

Toujours avec le même flegme, mais en faisant bien attention d'éviter ses dents, Jake libéra l'antérieur de la jument, puis sauta à terre avant de revenir vers la porte de la grange.

Sachant qu'il l'étrillerait si elle s'inquiétait pour lui, Sam concentra son attention sur la jument.

Celle-ci s'était élancée au galop autour du corral. Totalement affolée, elle ricochait contre la barrière, s'en trouvait déstabilisée, repartait la heurter de nouveau. Au passage, elle avait percuté Caïd de plein fouet, rebondi contre la croupe de Douce, avant de tamponner les planches encore une fois. D'une seconde à l'autre, elle était passée d'un état paisible à la folie totale. Ce n'était pas la captivité qui lui faisait un tel effet, mais bien la présence de l'homme à ses côtés.

Toujours prudent, lançant de rapides coups d'œil vers la jument, Jake fit un signe de tête à Sam pour qu'elle s'écarte. Une fois le battant inférieur de la porte de communication fermé, tous deux sortirent du bâtiment et allèrent se poster devant le corral.

— Je vais appeler Brynna, dit Sam à Jake qui, les yeux toujours rivés sur la jument, se contenta de lui adresser un hochement de tête. Peut-être pourra-t-elle nous dire qui l'a adoptée et...

Soudain, le cœur de Sam s'emballa :

— J'ai oublié les autres chevaux ! J'espère que Brynna aura une idée de l'endroit où ces bandits ont pu les conduire... si c'est pour en faire de la chair à pâté, ajouta-t-elle la gorge serrée.

— À Mineral, certainement, lui dit Jake. C'est un endroit connu pour ce type de ventes aux enchères. Mais ils ont des inspecteurs qui vérifient que les bêtes n'ont pas de tatouage. S'ils pensent que ce sont des mustangs, ils ne les accepteront pas.

— Tu en es sûr ? murmura Sam tout en pensant aux deux juments et au magnifique yearling noir que les voleurs avaient chargés dans leur camion.

— Ouais... dit Jake, toujours concentré sur l'isabelle. Quand tu auras appelé Brynna Olson, reviens me voir, ajouta-t-il.

— Pourquoi ? le défia Sam, que l'éternel ton de commandement de Jake à son égard hérissait.

— Elle te laissera peut-être lui retirer son bandana.

À l'idée de s'approcher de la jument, Sam fut prise de vertiges. Elle ne se rappelait que trop bien que l'isabelle s'était ruée sur elle dans la montagne et à quel point elle avait presque perdu connaissance de terreur. Mais elle se garda bien de laisser transparaître sa peur. Qui plus est, elle était persuadée que Jake ne la mettrait jamais en danger.

— Facile ! lança-t-elle alors.

Mais à peine dit, elle s'éloigna tout en espérant que sa grand-mère lui confierait une corvée quelconque qui l'empêcherait de ressortir de la maison.

— D'accord, je vais demander à mes agents de faire le tour des marchés et de monter jusqu'au Canyon perdu, dit la voix.

Brynna Olson, la directrice du Centre des chevaux sauvages de Willow Springs, était brève, mais efficace. Comme toujours. Au point que Sam avait du mal à se souvenir que derrière l'impeccable uniforme d'agent du gouvernement que portait cette femme se cachait un être généreux et franc.

Sur le plan professionnel, Brynna était extrêmement compétente. En quelques questions, elle tira le maximum de renseignements du cerveau fatigué et confus de Sam et réussit à raviver en elle le signalement des trois hommes qu'elle avait vus : celui aux taches de rousseur portait une chemise à imprimé camouflage ; le deuxième avait des cheveux blancs et des yeux globuleux ; le troisième avait l'air d'un vrai cow-boy et s'était servi d'un gros fouet noir avec cruauté.

Soudain, les cris de la jument isabelle envahirent la cuisine. Grand-Mère Grace, qui écoutait la conversation de Sam avec Brynna Olson en dégustant du café, fronça les sourcils.

À l'autre bout de la ligne, Brynna poursuivit :

— Je reprends les indications que tu m'as données, pour être sûre que je ne me suis pas trompée. Corrige-moi si besoin est.

Bien évidemment, Brynna avait parfaitement pris note des renseignements qui permettraient à ses agents de trouver le Canyon perdu.

— Parfait, lui dit Sam tout en posant la main sur le microphone pour essayer d'étouffer les cris en provenance du corral.

— Je m'apprêtais à venir chez vous pour parler à Wyatt. J'en profiterai pour vérifier la marque de ta jument. Ça m'aidera à retrouver son propriétaire. Y a-t-il autre chose que je devrais savoir ?

Sam se mordit la lèvre. Elle n'avait pas mentionné à Brynna que le troupeau auquel les voleurs s'en étaient pris était celui du

Fantôme. Elle avait toujours l'impression que moins les gens pensaient à son étalon d'argent, mieux lui se porterait. De plus, cette information n'avait pas beaucoup d'intérêt.

— Ils l'utilisent comme appât, répondit-elle alors à Brynna. Ils ont dû la libérer dans la vallée sous le nez des mustangs avant de l'effaroucher. C'est elle qui a conduit les chevaux dans le piège, comme si elle savait qu'elle y trouverait à manger. Elle est à moitié affamée et déshydratée.

— Je vais t'envoyer un vétérinaire.

C'est alors qu'une série de bruits retentissants s'élevèrent dans le corral. Cette fois, on aurait dit que la jument tentait de défoncer la barrière à coups de sabots.

— Envoyez-en un qui soit costaud, lui précisa Sam. C'est une battante.

Sam raccrocha et se hâta dehors. La jument n'avait plus besoin qu'on lui enlève son bandeau. Douce, pour essayer de la calmer, avait frotté sa tête contre la sienne et le bandana était tombé de lui-même. C'est à cet instant précis que la jument avait été saisie d'une nouvelle crise de furie.

— Tant qu'elle regarde par là, ça va, dit Jake à Sam, le doigt pointé vers la grange.

L'obscurité à l'intérieur semble la rassurer. Tout à l'heure, j'ai allumé et elle a perdu la tête.

Ses yeux étaient-ils malades ? Sam avait présumé que les voleurs les lui bandaient pour l'handicaper, mais peut-être était-elle extrêmement sensible à la lumière. Sam ne savait rien sur les troubles de la vue chez les chevaux. Le bruit de sabots qui approchaient l'empêcha d'en parler avec Jake.

Son père et ses trois employés — Dallas, Piment et Ross — traversaient le pont. Tous trois se balançaient avec indolence au rythme des mouvements de leur monture. Ils devaient être fatigués de leur journée de labeur.

Sam regarda sa montre et découvrit, la gorge serrée, qu'il était déjà quatre heures de l'après-midi. C'est alors qu'elle aperçut Compère, qui s'élançait gaiement à la rencontre des cavaliers, et le sourire lui revint. Depuis qu'elle l'avait sauvée des sables mouvants lors de la dernière transhumance, la génisse était devenue aussi frétillante qu'un chiot*.

Le père de Sam dessella Banjo et le lâcha dans le grand pâturage. Puis il alla se laver

* Voir *Cheval fantôme – L'étalon sauvage* (N.d.T.).

les mains et le visage à la pompe. Sam se souvint alors qu'elle ne s'était pas brossé les cheveux depuis la veille. Rapidement, elle passa les doigts dans sa frange et essaya d'ébouriffer sur ses tempes les boucles que son vieux chapeau de cow-boy marron avait aplaties.

Selle et tapis sur le bras, son père se dirigea vers la sellerie.

— Ne t'emballe pas, souffla Jake d'une voix si basse qu'on aurait cru qu'il parlait aux chevaux. Le pire qu'il puisse se passer, c'est que le Bureau de gestion vienne la chercher.

Jake avait raison. Il n'en restait pas moins qu'il n'était pas encore reparti chez lui pour le souper. Le suspense le tenait donc entre ses griffes, lui aussi. Il voulait entendre autant qu'elle l'avis de Wyatt et de Brynna.

— On a de la visite ? lança Wyatt.

Sam s'attendait à un jugement, mais la question de son père n'avait exprimé que de la curiosité au sujet de la jument brun doré qui refusait de le regarder.

Sam s'apprêtait à lui expliquer la raison de sa présence lorsque Brynna arriva. Suivie du vétérinaire. De Grand-Mère Grace, qui sortit de la maison. Et des trois employés, que la curiosité avait décidés à retarder leur souper.

Sam raconta au mieux ce qui lui était arrivé. De toute façon, à l'exception de Caïd ou des bandits, personne ne pouvait la contredire. Mais en plein récit, son attention fut détournée par un événement inattendu.

Son père, qui la regardait d'un air aussi impénétrable qu'un tronc d'arbre, n'y était pour rien. Pas plus que Brynna, qui griffonnait fiévreusement dans son carnet en l'écoutant parler. Non plus que le vétérinaire, qui venait d'annoncer qu'il n'endormirait pas la jument le jour même, puisqu'il serait obligé de le refaire le lendemain lorsque les agents du Bureau de gestion l'emporteraient à Willow Springs.

Non, Sam était distraite par l'adolescente qui venait de descendre du pick-up blanc de Brynna. Cette dernière était si préoccupée par le vol des chevaux qu'elle en avait oublié de la présenter.

Le visage pointu comme celui d'un renard, les cheveux blonds et fins, l'inconnue avait douze ans au maximum, et l'air d'une « dure à cuire », comme la tante de Sam l'aurait dit. Les mains sur les hanches, les paupières à demi fermées d'ennui, elle portait sur les personnes autour d'elle, Sam comprise, un regard indiquant clairement qu'elle les considérait à peine assez intelligents pour respirer.

D'ailleurs, lorsque le vétérinaire prit congé, il se tourna pour rejoindre sa voiture et, la trouvant sur son passage, pensa qu'elle s'écarterait. Ce fut lui qui dut la contourner. Elle refusa tout net de bouger d'un centimètre. Mais seule Sam sembla le remarquer.

Était-ce la fille de Brynna ? Sa nièce ? Si c'était le cas, Brynna était à plaindre. Cette gamine avait l'air résolument méchante. Le menton hautain, elle donnait l'impression d'en vouloir au monde entier.

— Je me demande s'ils ne l'ont pas laissée enfermée dans un box sans lumière pendant un bon bout de temps, suggéra Jake.

Les yeux de l'inconnue s'éveillèrent un bref instant avant de redevenir durs. Puis la fille bâilla bruyamment.

— Ça arrive, répondit Brynna à Jake, tout en glissant un regard de côté vers l'adolescente, mais en pointant le doigt vers la jument. Les mustangs ont beau être sauvages, quand on leur donne une habitude, ils apprennent à se sentir en sécurité. En revanche, si on les dérange à nouveau en modifiant cette habitude qu'on leur a donnée, là, ils deviennent agressifs.

— Ça, c'est vrai, lâcha Sam, avant de le regretter amèrement.

Aussitôt, les sourcils froncés de son père et de sa grand-mère se tournèrent vers elle. À leur expression, il était clair que les heures passées à son chevet, deux ans plus tôt, à l'hôpital, ne s'étaient pas effacées de leur mémoire*.

Au lieu de se taire, Sam crut bon de donner des explications, ne faisant qu'aggraver sa situation :

— Quand j'ai ouvert la barrière du corral, elle s'est ruée sur moi, dit-elle en époussetant son jean. Je suis tombée en essayant de l'éviter...

Persuadée que l'inconnue se délecterait de son embarras face à son père, Sam lui lança un regard furtif. Elle s'était trompée. La fille n'avait pas écouté un seul mot de ce qu'elle avait dit. Elle observait les chevaux.

Dans le pâturage de cinq hectares, Fraise se roulait par terre pour se décontracter le dos après tant d'heures passées à porter une selle et un cavalier. Puis elle se remit debout et s'élança au grand galop avec les autres. Pour Sam, il n'y avait rien de plus normal, mais à

* Voir *Cheval fantôme – L'étalon sauvage* (N.d.T.).

voir l'émerveillement dans le regard de l'inconnue, il paraissait évident que ce rituel était inhabituel pour elle.

Si cette sale gamine aimait les chevaux, elle ne pouvait pas être si mauvaise que cela.

Sam en était là de ses réflexions lorsque Jake se pencha pour montrer à Brynna le bandana qui avait couvert les yeux de la jument. Ce faisant, il donna involontairement un léger coup de coude à l'adolescente.

— Pardon, lui fit-il.

Loin d'accepter ses excuses, immédiatement, la fille s'avança, les coudes serrés contre les hanches, lui faisant signe des mains de s'approcher.

Sam n'en croyait pas ses yeux : elle disait clairement à Jake que, s'il voulait se battre, elle était prête.

Lui en resta pantois. Au bout d'un moment, recouvrant ses esprits, il la toisa du regard, puis répéta poliment :

— Pardon.

Sam regarda son père à la dérobée. Il avait les yeux tournés vers Brynna et l'inclinaison de sa tête ainsi que son air discret indiquèrent à Sam que la présence de cette gamine n'était pas une surprise pour lui. Instantanément, Sam se sentit exclue.

— J'ai oublié de vous présenter Mikki, lança soudain Brynna.

— Mikki, répéta Grand-Mère Grace. Quel joli prénom !

Ce disant, elle s'avança pour prendre la main de Mikki dans les siennes, mais celle-ci croisa résolument les bras sur sa poitrine.

Sam avait du mal à croire que personne ne demande à cette sale gamine de se calmer et de présenter ses excuses.

— Mikki vient de Californie, Sacramento plus précisément, reprit Brynna comme si de rien n'était. Tout le monde l'appelle Mikki, mais son vrai nom est Michelle Petite.

Comme pour prévenir tout commentaire désobligeant sur son nom de famille et sa taille effective, Michelle lança un regard furieux à Sam.

— Mikki a accepté d'être la première participante au programme que le gouvernement vient de mettre en place ici, dans le nord du Nevada, le PPCC, Programme de protection des chevaux et des cavaliers, poursuivit Brynna.

Sam sentit un rictus se former sur ses lèvres. À voir l'attitude de cette Mikki, c'était d'elle que le programme devait protéger les gens, pas l'inverse.

— Parmi les personnes qui adoptent les mustangs, certaines sont incapables de les dresser, ce qui les conduit parfois à commettre de graves erreurs, expliqua Brynna. Lorsque c'est le cas, nous reprenons les chevaux et les confions à des jeunes filles, auxquelles nous apprenons à les débourrer. Cela fait, on peut reprendre le processus de l'adoption.

Sam s'apprêtait à demander à Brynna comment le Bureau de gestion choisissait ses candidates, lorsque Jake décida de s'éclipser :

— Je m'excuse, marmonna-t-il. Je dois bientôt rentrer chez moi, et je dois encore m'occuper de Petit Ours.

Regardant du coin de l'œil l'enclos circulaire où se trouvait le cheval que Jake avait commencé de dresser, le père de Sam lui donna son assentiment d'un signe de tête.

Profitant de l'occasion, Dallas, Piment et Ross emboîtèrent le pas à Jake. Les cow-boys n'aimaient pas particulièrement parler, et d'autant moins lorsque la conversation n'était pas agréable. En fait, Sam était médusée que son père reste.

— Petit Ours est le cheval le plus gentil que j'ai jamais rencontré, fit Grand-Mère Grace.

C'est un bashkir curly*. Tu en as peut-être vu dans les magazines.

Sam comprit pourquoi sa grand-mère avait changé de sujet. Le visage de Mikki s'était illuminé à l'écouter parler.

— Jake est chargé de dresser Petit Ours pour un banquier de Darton. Petit Ours n'était qu'un poulain lorsqu'il est arrivé chez M. Martinez et lui l'a trop gâté. Il lui a appris à faire des tours, qui étaient adorables tant qu'il a été petit. Par exemple, il peut attraper ton porte-monnaie dans la poche arrière de ton pantalon. Mais, maintenant que c'est un cheval adulte, certaines de ces habitudes sont carrément dangereuses. Tu sais ce qu'il fait quand il ne veut pas être sellé ? demanda Grand-Mère Grace à Mikki, les sourcils levés. Il s'assied, comme un bon gros chien.

Mikki sourit et le visage de Brynna à son tour s'illumina.

— Va le voir, si tu veux, dit-elle aussitôt à l'adolescente.

* Le bashkir curly américain est un petit cheval aux poils frisés, élevé aux États-Unis. Certains disent qu'il descend du bashkir, poney russe élevé par les Bashkir, anciens nomades qui se sont fixés dans le sud de l'Oural (N.d.T.).

Mais Brynna Olson avait encore du chemin à faire dans la compréhension des enfants. Mikki, loin d'accepter, réagit comme quelqu'un qui refuse de mordre à l'hameçon. Sam s'en serait doutée.

— Pour que vous puissiez parler dans mon dos, c'est ça ? aboya-t-elle. Oh, mais je sais très bien ce que vous allez dire.

Là-dessus, glissant ses pouces dans les poches de son jean, elle fit face à Wyatt :

— Je vous explique, *môssieur*, reprit-elle avec insolence. Le PPCC ne peut pas me placer en Californie à cause de mes antécédents judiciaires, de mes *délits* si vous préférez, vous comprenez ?

Elle avait incliné la tête et son ton était sarcastique. Apparemment, elle adorait l'idée de pouvoir choquer Wyatt Forster.

— Vol à la tire, voies de fait, fugues, énuméra-t-elle en comptant sur ses doigts. Ce que *mâdame* Olson a omis de mentionner, c'est que le PPCC colle les filles à risque avec des chevaux sauvages qui sont aussi timbrés qu'elles.

Remarquant le signe d'approbation de Sam, Mikki se tourna vers elle, reprenant aussitôt :

— Ouais, justement, et moi, j'ai dépassé le stade de l'étiquette « à risque ». Pour l'État de

Californie, je suis irrécupérable. Même ma mère a baissé les bras. C'est elle qui m'a envoyée ici, dans votre foutu désert !

Puis elle se tut. Immédiatement, et sans la moindre trace d'émotion, Brynna prit la parole :

— Mikki vit dans un foyer à Darton. Elle vient juste d'avoir onze ans, mais elle a été admise dans un programme pour enfants surdoués au collège. Son cas n'est pas aussi grave qu'elle le laisse entendre et, de toute façon, le PPCC a beaucoup de succès.

— Écoutez-moi, l'interrompit Mikki, les poings sur les hanches, tout en tournant le dos à Wyatt et à Grand-Mère Grace. Cette petite famille modèle ne veut pas de moi. Ça se voit pas ? Et je m'en fiche. La seule raison pour laquelle j'ai accepté de venir ici, c'est parce que j'aime bien les chevaux.

Là-dessus, elle poussa un grognement de colère. Puis, tout en évitant des yeux Jake, qui passait à côté avec le petit bashkir caracolant derrière lui, elle alla grimper dans le pick-up de Brynna Olson et claqua la portière.

Maintenant qu'elle ne pouvait plus entendre, Brynna s'empressa de dire :

— Vous devez accepter de servir de ranch pilote pour le PPCC. Le Méandre a tout ce qu'il faut. Les filles peuvent commencer avec les mustangs dans l'enclos circulaire et, quand vous aurez réparé la barrière du pâturage attenant à la grange, elles pourront s'en servir comme d'un manège et y apprendre à les monter comme je vous... hum... comme je vous l'ai déjà expliqué, hésita Brynna.

Elle promena son regard de Grand-Mère Grace, qui avait l'air conquise, à Wyatt, dont le visage fermé n'augurait rien de bon. Qu'à cela ne tienne, Brynna passa la vitesse supérieure :

— Sans compter que l'ancien bâtiment des employés serait parfait.

« Parfait pour quoi ? » se demanda Sam.

Brynna avait pointé le doigt dans la direction de la structure désaffectée. Les vitres étaient cassées ; l'un des pans du toit, défoncé à son faîte, et dépouillé par le vent de ses bardeaux. Les cow-boys n'y dormaient plus depuis des années. Dallas aimait à dire que l'endroit était infesté d'araignées aussi grosses que des lions et qu'il n'y entrerait qu'armé d'un fouet et d'un tabouret.

Grand-Mère devait penser la même chose, car elle avait froncé les sourcils. Brynna ajouta rapidement :

— Il y aura quelques travaux à faire, mais le PPCC, comme je l'ai déjà dit, précisa-t-elle en regardant Wyatt Forster du coin de l'œil, rémunérera les propriétaires de ranch qui se porteront volontaires si le projet est maintenu.

Elle reprit son souffle et poursuivit :

— Ces filles seraient cent fois mieux ici qu'au ranch de la Poussière dorée. M. Slocum s'est porté volontaire, mais Sam aurait une bien meilleure influence que...

Brynna finit sa phrase par un geste de la main dans la direction du ranch de Linc Slocum et Sam la compléta elle-même.

Rachel. La fille la plus populaire du lycée de Darton. Rachel Slocum était belle, rosse et égoïste. Son père, riche, lui donnait tout ce qu'elle demandait. Rachel ne trouvait aucun intérêt aux chevaux et méprisait les filles qui avaient la malchance de ne pas être nées nanties et jolies.

Cela, Sam le savait par expérience.

Il n'empêche. Sam ravala son antipathie pour la fille de Linc Slocum et fit les gros yeux à Brynna Olson. Elle ne se laisserait pas flatter si facilement. Le fait qu'elle ne soit pas aussi égoïste que Rachel ne signifiait pas pour autant qu'elle voulait le PPCC chez elle.

Pourquoi serait-elle obligée de partager sa famille, ses chevaux, et Jake, avec des étrangères ? Qui plus est, elle ne voulait pas que des adolescentes sournoises mettent leur nez dans l'amitié qu'elle partageait avec le Fantôme.

À la simple pensée de son étalon d'argent, Sam sentit son pouls s'accélérer. Il avait besoin de son aide. Elle devait le protéger de ces voleurs fous qui le tueraient pour en faire de la pâtée pour chien. Elle n'avait pas le temps d'avoir une bonne influence sur Mikki !

Toutefois, Sam tenta de se maîtriser. De toute façon, sa réaction était excessive. Son père n'accepterait jamais. Fier, travailleur, peu loquace, Wyatt Forster vivait presque en ermite. En outre, il n'avait jamais rien voulu savoir du gouvernement fédéral ni de ses projets.

Sam s'apprêtait donc à dire à Brynna Olson qu'elle dépensait sa salive pour rien, lorsque son père prit la parole :

— Madame Olson, lui dit-il, marché conclu.

Chapitre 4

Clouée sur place, bouche bée, Sam écouta le tourbillon de voix qui s'était élevé autour d'elle.

— Vous pouvez compter sur le ranch du Méandre comme banc d'essai pour votre programme pilote. Mais mes promesses s'arrêtent là, prévint son père.

— Bien sûr, je comprends parfaitement, lui répondit Brynna.

— Nous ne commencerions qu'avec Mikki, n'est-ce pas ? s'enquit Grand-Mère Grace. Pour une heure ou deux après l'école ?

— Exactement, confirma Brynna.

— J'aimerais bien que cette pauvre petite...

« *Pauvre petite ?!* Grand-Mère Grace a-t-elle

perdu la tête ? se demanda Sam. N'a-t-elle pas entendu la partie sur le vol à la tire et les voies de fait ? »

— ... mange bien, poursuivit Grand-Mère Grace avec un petit claquement de langue. Je présume qu'elle repartira au foyer pour le souper, mais les goûters que je prépare sont nourrissants. Ça lui ferait du bien. Ensuite, si le programme continue...

Les poings de Sam se serrèrent si fort que ses ongles s'enfoncèrent dans les paumes de ses mains. Plus elle laissait ces adultes s'organiser, plus elle aurait du mal à les arrêter.

Elle jeta un coup d'œil furtif vers le pick-up blanc. Mikki y était toujours enfermée, elle ne pouvait donc pas les entendre. Sam se décida alors :

— Rachel n'est pas la seule à habiter au ranch de la Poussière dorée. La fille du contremaître, Jennifer Kenworthy, y vit également, expliqua-t-elle à Brynna. Son influence serait aussi bonne que la mienne. Meilleure, si ça se trouve.

Son ton avait été si désespéré que, lorsque son père et sa grand-mère la regardèrent d'un air désolé, elle comprit qu'elle n'avait dupé personne. Sauf Brynna.

— Si tout se passe bien avec Mikki, cette Jen pourra peut-être aider l'été prochain, dit-elle. Le budget qui a été alloué à ce programme est important. Il y aurait assez d'argent pour réhabiliter le bâtiment des employés et en faire un dortoir pour les filles, pour acheter les selles et la nourriture, et pour payer des salaires. Jen et toi pourriez devenir instructrices...

Face à la main dressée par Wyatt Forster, Brynna s'arrêta net. C'était clair, il en avait entendu assez. Néanmoins, il souriait. Pourquoi ?

— Quand voulez-vous commencer ? demanda-t-il à Brynna.

— Je vous enverrai Popcorn lundi, lui répondit Brynna tout en réfléchissant. Si on fait démarrer Mikki avec lui mardi, le cheval aurait presque deux journées pour s'habituer.

— Popcorn ? répéta Grand-Mère Grace.

Brynna serra les lèvres si fort que sa bouche ne dessina plus qu'une ligne droite :

— C'est un hongre albinos, à qui le propriétaire a montré un peu trop souvent qui était le chef. Il est extrêmement craintif, mais il devrait convenir parfaitement à Mikki.

Sam ne voyait pas de logique dans les propos de Brynna, mais elle se garda bien de faire des commentaires. Elle se renseignerait auprès de son père une fois la directrice du Bureau de gestion partie.

— Va pour mardi, dit justement celui-ci en tendant le bras.

— Mardi, lui répondit Brynna en acceptant sa poignée de main. Merci infiniment, Wyatt. J'espère que chacun de nous y trouvera son avantage.

Non seulement le ton du père de Sam s'était radouci, mais son visage aussi. Il avait le sourire aux lèvres en regardant Brynna s'éloigner !

Frustrée jusqu'au bout des ongles, Sam se vengea sur ses corvées. En moins de temps qu'il ne faut pour le dire, elle avait nourri le chien et les poules, rempli les abreuvoirs d'eau, et ramassé les œufs. Puis elle alla se calmer en s'accoudant sur la barrière du pâturage dans lequel se trouvaient Caïd, Douce et la petite isabelle.

Elle n'avait pas eu le temps de panser Caïd en rentrant et elle aurait bien aimé le faire à présent. Elle avait pris l'habitude de s'épancher auprès de lui tout en lui passant le racloir et l'étrille. Toutefois, il serait cruel de le déranger maintenant. Et égoïste.

Sam entra dans la grange sombre pour y

suspendre le sweat-shirt vert qu'elle y avait pris le matin. Égoïste. C'était exactement le sentiment qui bouillonnait en elle. Elle avait bien le droit d'être avare après tout, elle venait à peine de retrouver sa famille[*].

Sam s'assit sur une meule de foin, tout en s'efforçant de ne pas regarder la petite jument, qui l'observait, persuadée que Sam s'apprêtait à l'effaroucher.

Les yeux de Sam se portèrent sur le pré qui jouxtait la grange de l'autre côté. Il était vide, car on avait abaissé certaines parties de la barrière pour réparer des planches cassées. Cet enclos herbeux rappelait à Sam sa pire bêtise depuis qu'elle était revenue et qu'elle essayait de se réaccoutumer à la vie du ranch.

Un mois plus tôt, elle avait mené Compère au pré, sans se rendre compte des travaux qu'on y faisait. Bien entendu, la génisse s'en était allée flâner, et la retrouver avait pris beaucoup de temps à tous.

Quoi qu'il en soit, personne ne s'était précipité alors pour réparer les barrières. Il avait fallu attendre que, cet après-midi même, Brynna Olson suggère de le faire pour que son père prenne les choses en main.

* Voir *Cheval fantôme – L'étalon sauvage* (N.d.T.).

Il venait d'ailleurs d'apparaître dans le champ de vision de Sam, absorbé par l'étude des planches cassées. Non pas qu'il souhaite rassurer sa fille. Non. Pour faire plaisir à Brynna.

Désabusée, Sam détourna les yeux, dans la direction de la jument. Aussitôt, celle-ci coucha les oreilles et ses naseaux se dilatèrent. Feignant de ne pas l'avoir vue, Sam se pencha lentement en arrière et leva la tête vers le plafond. Un pigeon s'agitait à faire son nid sur l'un des chevrons de la toiture.

Sam compatit. Elle-même tentait de refaire son nid au ranch. Son père et sa grand-mère s'efforçaient de l'y aider, mais dès qu'elle s'habituait à ce qu'ils la traitent comme une enfant, ils lui demandaient de réagir en adulte. C'est ce que venait de faire sa grand-mère, avec son idée de cuisiner des menus spéciaux pour une inconnue, de la dorloter. Sam était consciente du fait que, si on l'avait entendue, on lui aurait reproché son éternelle insatisfaction. Elle comprenait que son père et sa grand-mère veuillent faire œuvre charitable, mais le cœur de Sam voulait savoir pourquoi. Pourquoi, pourquoi, *pourquoi* avaient-ils choisi d'aider une petite insolente du nom de Mikki ?

Perdue dans ses pensées, Sam n'avait pas remarqué que son père approchait. D'un bond, elle sauta sur ses pieds, puis chercha une occupation. Trop tard. La silhouette de son père se détachait déjà dans l'encadrement de la porte. Cependant, dans le corral, l'encolure et la tête tendues vers le ciel, la jument isabelle s'était mise à inspirer bruyamment, comme si elle avait perçu une odeur annonçant quelque danger.

— Grand-Mère nous attend, dit le père de Sam. Elle nous a préparé des sandwiches et de la salade de pommes de terre.

— D'accord, fit Sam, dont l'estomac gargouillait.

Il était vide depuis la veille au point qu'elle se sentait toute faible. Pas assez faible cependant pour être raisonnable. Elle savait qu'elle aurait dû suivre son père poliment et attendre que sa mauvaise humeur passe, mais elle n'en avait pas l'envie.

— Papa, on n'a franchement pas besoin de plus de travail. Je suis à l'école toute la journée, moi !

— Les corvées extérieures vont bientôt diminuer. L'hiver sera bientôt là. Et puis, cette gamine ne viendra que cinq ou six heures par semaine. Je peux bien me passer de Jake pendant ce temps-là.

Jake ?! Sam faillit hurler au scandale, mais son cri ne retentit que dans son cerveau.

Brynna avait mentionné Jen et elle comme instructrices possibles. Elle n'avait rien dit de Jake. C'était donc son père qui avait pris cette décision, et Sam en fut contrariée.

Elle s'efforça de refouler sa jalousie en se disant que les techniques indiennes de dressage, que Jake lui avait apprises pour apprivoiser son propre poulain, seraient bénéfiques pour Mikki et le cheval sauvage dont elle s'occuperait. Il n'empêche...

— Jake, hein ? reprit-elle alors. Contrairement à Brynna, tu penses que je ne suis pas capable de m'occuper de Mikki, c'est ça ?

Devant le silence blessant de son père, Sam reprit :

— Je commençais à penser que tu me faisais confiance, mais en fait, tu continues de croire que je n'arriverai jamais à rien.

— Non, ce n'est pas ça, lui répondit son père d'un ton calme. J'ai été surpris de t'entendre suggérer à Brynna d'envoyer chez Slocum un pauvre mustang qui a déjà souffert, et cette petite, qui souffre aussi.

— D'accord, mais quand elle t'a proposé de

traquer les chevaux sauvages pour eux, tu as refusé ?* s'exclama Sam, très tentée d'ajouter qu'à ce moment-là l'argent qu'il aurait gagné aurait réellement été le bienvenu. Pourquoi acceptes-tu maintenant ?

Son père tourna la tête vers la petite isabelle, qui s'effaroucha. Puis il reprit, en posant lui-même une question :

— Pourquoi n'as-tu pas laissé cette jument dans le Canyon perdu ?

Sam perdit courage. Elle était persuadée que son père avait compris.

— Elle était... ils lui avaient bandé les yeux. Et ils l'ont laissée toute seule. Je ne pouvais pas l'abandonner !

— C'est pareil pour moi.

— Mais, Papa...

— C'est tout ce que j'ai à dire, Samantha. Je te laisse réfléchir.

Plus tard ce soir-là, Jen appela Sam pour lui expliquer la raison de son absence. Comme Sam l'avait pensé, son rhume avait empiré.

— Je me suis bien rébeillée, lui dit Jen en reniflant, obligeant Sam à réfléchir un instant pour décrypter ce qu'elle venait de lui dire.

* Voir *Cheval fantôme – Un mustang dans la nuit* (N.d.T.).

J'étais debout, en train de m'habiller, reprit Jen, mais ba bère m'a entendue tousser et elle m'a interdit de sortir.

— C'est ce que j'ai pensé, lui répondit Sam. Mais j'ai tout un tas de choses à te raconter. Et ça concerne en partie le Fantôme.

— Ah bon ? s'exclama Jen, son nez semblant soudain débouché. Parle vite. Ma mère ne m'a donné que dix minutes. Ensuite, je dois repartir me coucher.

— D'accord, mais... hop là ! j'ai fait tomber le téléphone, s'excusa Sam, qui pliait du linge en même temps. Je crois que ma grand-mère et mon père veulent me donner une bonne leçon et me montrer à quel point j'ai de la chance.

— De la chance ?

— Oui, de la chance d'habiter dans une maison décente et d'être entourée de personnes qui se soucient de mon sort, au point d'ailleurs de me faire plier des montagnes de linge plus hautes que moi.

Ne recevant pour toute réponse que des bredouillis perplexes, Sam aborda le sujet qui lui brûlait les lèvres :

— Est-ce que tu as déjà entendu parler du PPCC ?

— Oui, bien sûr. Ils enferment des délinquantes avec des chevaux à problèmes et ils attendent de voir qui assassine l'autre le premier.

— Jen, tu ne changeras jamais ! s'esclaffa Sam en secouant la tête, éberluée par le sarcasme de son amie.

Jen éclata de rire aussi, avant d'être prise d'une quinte de toux. Une fois calmée, elle demanda à Sam :

— C'est bien le programme dont tu voulais me parler, n'est-ce pas ? Celui qu'ils ont déjà mis en place en Californie et au Nouveau-Mexique ?

— Je suppose, oui. Si ce n'est que Brynna Olson et mon père se sont mis d'accord pour que la délinquante qui inaugure le programme au Nevada...

— *La* délinquante ? Tu veux dire qu'ils n'ont trouvé qu'*une* délinquante dans tout l'État ? Je ne marche pas.

— Oh, Jen ! Je disais donc qu'ils se sont mis d'accord pour que la délinquante qui inaugure le programme au Nevada vienne rencontrer son cheval ici. Et ce cheval sera un albinos du nom de Popcorn.

Entendant à ses exclamations que Jen montrait de plus en plus d'intérêt, Sam lui révéla ce que Brynna avait en tête :

— C'est un programme financé par le gouvernement, et le budget alloué est si important que, si tout fonctionne comme prévu avec Popcorn et Mikki, c'est le prénom de la fille, les organisateurs pourraient décider de nous envoyer d'autres candidats l'été prochain, et Brynna a dit qu'ils auraient certainement besoin de toi comme instructeur aussi.

— Ouah ! soupira Jen. Ce serait formidable !

Sam hésita. Jen serait-elle aussi ravie si elle devait partager ses parents comme *elle* allait devoir le faire ?

— Remarque, reprit Jen. Ça m'étonnerait que ma mère me laisse participer. N'oublie pas qu'elle m'a gardée à la maison pendant des années pour me protéger des mauvaises influences de l'école.

La voix de Jen s'étouffa soudain. Elle avait mis la main sur le micro et Sam l'entendit dire :

— Oui, baban. Je sais que ça fait un... bais je be sens bien...

Puis la voix revint, claire comme de l'eau de roche :

— Sam, je dois raccrocher.

Déçue, Sam tenta néanmoins de forcer son intérêt :

— Oh, ce n'est pas grave, prétendit-elle. De

toute façon, je ne voulais pas vraiment te parler de ces voleurs de chevaux enragés.

— Pardon ? ! s'étrangla Jen, se déclenchant une nouvelle quinte de toux.

— Ni de la façon dont le Fantôme est venu à la rescousse de son troupeau...

— Non, Sam, arrête !

Sam s'interrompit, se demandant s'il était sage de parler de la jument isabelle.

— Tu es sûre que tu n'oublies rien ? chuchota Jen. Je veux tout savoir, tu entends !

Lors du dîner, Grand-Mère Grace servit à Sam de quoi nourrir son estomac et sa réflexion.

— Dès que Brynna nous en a parlé, je me suis renseignée, dit-elle à Sam et à son père à table.

« Depuis combien de temps sont-ils au courant ? » se demanda Sam. Était-elle la seule à ne pas avoir été prévenue ? De mieux en mieux.

— Les statistiques et les informations restent rares, mais, d'après celles qui existent, le taux de réussite est assez élevé. Dans des programmes similaires, sept enfants sur dix récidivent en moins d'un an. Avec le PPCC, ils ne sont plus que trois sur dix à le faire.

— Quand ils replongent, demanda Sam, l'air songeur, sont-ils autorisés à travailler de nouveau avec des mustangs ?

— Que veux-tu dire ?

— C'est une question, c'est tout, répondit Sam, revoyant en pensée la joie sur le visage de Mikki lorsqu'elle avait regardé les chevaux galoper. Si j'étais une fille à problèmes, je me demande si je ne ferais pas exprès de faire des bêtises pour qu'on me renvoie auprès des chevaux.

— Samantha Anne, parfois je me demande pourquoi je m'escrime à te traiter en adulte, alors que tu passes ton temps à te comporter comme une vraie gamine ! aboya Grand-Mère Grace en collant les couverts à salade d'un coup sec dans le saladier en bois.

Pourtant, Sam ne plaisantait pas. Elle implora son père du regard. Ce dernier s'arrêta de manger, la salade se balançant dangereusement au bout de sa fourchette, et étudia sa fille.

— Je crois qu'elle est sérieuse, finit-il par murmurer.

— Bien sûr que je le suis.

— Bon, d'accord ! s'exclama Grand-Mère Grace. Avec toi, c'est toujours difficile à dire !

— Vous savez ce que je me demande aussi ?

reprit Sam. Je me demande si on ne pourrait pas utiliser l'isabelle pour le programme, au lieu de cet albinos dont Brynna a parlé.

Sam promena son regard de sa grand-mère à son père. Devant leur hésitation manifeste, elle tâcha de se représenter Mikki s'occupant de la jument avec toute la douceur dont celle-ci avait besoin. Mikki n'y parviendrait jamais. Non, Sam avait beau fixer le mur de la cuisine et s'imaginer que c'était un écran de cinéma, le rêve ne se réalisait pas. La fille qu'elle voyait s'approcher avec amour de la jument, c'était elle, pas la jeune délinquante.

Chapitre 5

Cette nuit-là, Sam fit un rêve. Le Fantôme lui apparut dans la rivière, sous la forme d'un cygne géant flottant au gré du courant avant de se transformer en un étalon d'argent à la belle encolure arquée et au poitrail puissant. Mais un étalon aux larges ailes qui, bientôt, prit son envol. Croyant entendre un bruissement, Sam s'éveilla.

Tout en enfilant son jean et ses bottes, elle ne put s'empêcher de penser qu'elle n'avait pas rêvé, que le Fantôme était bien venu tout près. Elle s'était endormie avec l'envie brûlante de le voir, avec le souhait de pouvoir descendre jusqu'à la rivière, même si c'était pour constater qu'il refusait de s'approcher d'elle.

Le Fantôme était le chef, le protecteur de son troupeau. Après le drame de la veille, elle savait que jamais il ne le laisserait sans surveillance, même dans leur vallée secrète des monts Calico.

Elle ne pouvait deviner ce qu'il éprouvait, mais Jake lui avait appris à comprendre la psychologie des chevaux. Malgré l'eau douce qui suintait de la roche à cet endroit, le Fantôme ne repartirait pas avec son troupeau dans le Canyon perdu. Le sentier étroit, qui se resserrait en entonnoir, puis en piège, avait certainement effrayé les juments à jamais. Le Fantôme choisirait donc désormais un lieu où la vue serait dégagée.

Ils y seraient plus à découvert certes, mais ce désavantage jouerait en leur faveur, car ils verraient approcher le danger, et pourraient donc utiliser la plus efficace de leurs armes : leur rapidité.

La plaine des Tambours de guerre. C'est là qu'ils iraient ! Comme au pied du Canyon perdu, le sol était couvert d'un tapis de végétation composé de buissons d'armoise et de pins pignons. Une mare d'eau potable s'y dissimulait et, mieux encore, une crête surplombait la plaine, ce qui permettrait au Fantôme de monter la garde et d'avertir son troupeau au moindre danger.

« Au crépuscule », se promit Sam. Elle effectuerait toutes ses corvées, ferait ses devoirs, puis se rendrait avec Caïd dans la plaine des Tambours de guerre au coucher du soleil.

Évitant son miroir, Sam se peigna vaguement du bout des doigts, puis descendit l'escalier d'un pas léger. La cuisine était déjà chaude et emplie de l'odeur du jambon et des œufs frits.

Sam embrassa sa grand-mère et se dirigea vers la porte.

— Les petits pains seront prêts dans cinq minutes, lui dit Grand-Mère Grace.

— Je veux juste aller voir comment va la jument.

— D'accord, mais dépêche-toi.

Sam voulait s'assurer que l'isabelle ne s'était pas échappée. Bien que le corral soit trop petit pour lui permettre de prendre l'élan dont elle aurait besoin pour sauter la barrière, les ailes avec lesquelles le Fantôme s'était envolé dans son rêve continuaient de battre dans sa tête.

Sam ouvrit la porte, et la laissa se refermer sans bouger.

— Que fait Brynna Olson ici ? s'exclama-t-elle.

Quittant son fourneau, Grand-Mère Grace rejoignit Sam et regarda par-dessus son épaule. Le pick-up blanc était garé dans la cour.

— Ma foi, je n'en sais rien. Je me demande si elle sait que Wyatt est déjà parti, s'étonna Grand-Mère Grace en remontant ses lunettes sur son nez. Eh bien, ma chérie, va la chercher et invite-la pour le petit déjeuner.

Si Sam n'avait pas contrarié sa grand-mère la veille, elle aurait sans doute protesté. Étant donné les circonstances, elle perdrait son temps. Et puis, de toute façon, Grand-Mère Grace parvenait toujours à ses fins.

Sam sortit donc dans la cour. En la voyant venir, Caïd poussa un hennissement, mais Brynna resta immobile. Elle avait les yeux fixés sur le corral. Elle faisait tout son possible pour ne pas effrayer la jument à la robe brun doré. Cette dernière piaffait, tout en se tenant tournée vers la grange pour se rassurer.

Sam soupira. Comme c'était triste de voir quelqu'un attiré ainsi par l'ombre et l'obscurité !

— Ma grand-mère vous fait dire...

— Je ne suis pas venue pour le petit déjeuner, Sam. Je suis venue te parler.

Brynna ne l'avait toujours pas regardée.

Sam s'approcha, pour découvrir que la directrice du Bureau de gestion avait de grands cernes noirs sous les yeux. Au ton qu'elle avait employé, Sam craignit d'avoir été la cause de son insomnie. Brynna Olson n'avait pas non plus revêtu son uniforme ce jour-là. Elle portait un pantalon en velours gris et un pull-over sarcelle. Loin de faire ressortir ses cheveux roux et ses yeux bleus, cette couleur renforçait sa pâleur.

— Je n'ai pas réussi à retrouver son propriétaire, dit-elle enfin. Je sais seulement qu'elle a été adoptée par une certaine Rose Bloom, qui habite à Casper, dans le Wyoming, et qu'elle a un nom.

Brynna s'interrompit un instant.

— Elle s'appelle Soleil Noir, reprit-elle d'un ton théâtral.

— Il a été bien choisi. Il correspond à sa couleur... et à tout le reste aussi.

— C'est apparemment la seule bonne idée que cette femme ait eue. Son téléphone est débranché. Rien ne dit dans les registres du Bureau de gestion de son État si la procédure d'adoption a été parachevée. S'il s'avère qu'elle est devenue la propriétaire légale de la jument, rien ne l'aura empêchée de l'avoir vendue depuis, précisa Brynna, le sourcil levé.

— Vous voulez dire que Soleil Noir pourrait très bien appartenir à l'un de ces voleurs ? demanda Sam. Auquel cas je pourrais être accusée de vol moi-même ?

Sam réfléchit un instant, durant lequel elle revit en pensée la pauvre jument, assoiffée, affamée, perdue, les yeux bandés dans ce piège en pleine montagne.

— Tant pis, je ne regrette rien, conclut-elle. Et j'assumerai.

— Il existe des lois contre les mauvais traitements infligés aux animaux, reprit Brynna. Et ils les ont violées, ce serait facile à prouver. Alors, même s'ils allaient jusqu'à porter plainte contre toi, je doute qu'un juge les prenne au sérieux.

Le soutien de Brynna Olson emplit Sam de reconnaissance et de chaleur à son endroit, jusqu'à ce qu'elle reprenne la parole de son ton froid et professionnel :

— Selon l'inspecteur chargé de vérifier les bêtes à Mineral, aucun cheval portant une marque récente n'a été proposé à la vente.

Il était facile de voir si une marque était fraîche ou pas. Sam se souvenait parfaitement de la plaie que Compère avait gardée pendant des jours*, une plaie qui était celle d'une brûlure au second degré. L'inspecteur ne pouvait pas s'être trompé.

— Je suppose que c'est une bonne nouvelle, dit-elle. Remarquez, il faudrait être franchement bête pour essayer de vendre un animal sauvage qu'on vient de marquer, vous ne croyez pas ?

— Oui, bien sûr, répondit Brynna. Toutefois, je crois aussi que l'intelligence légendaire des criminels est un mythe.

Sam sourit. Effectivement, si les voleurs qu'elle avait surpris étaient représentatifs de l'intelligence des escrocs, il n'y avait pas beaucoup de soucis à se faire. Sur les trois, seul le cavalier avait paru sensé.

— L'inspecteur a vu aussi passer des chevaux sans marque, ajouta Brynna, mais d'après ce qu'il m'a dit, ils n'étaient pas sauvages. Apparemment, deux étaient des chevaux de bât, qui venaient d'Elko, et le troisième était un vieux poney shetland.

Sam ne put réprimer une grimace de douleur.

— Oui, je sais, reprit Brynna sur un ton qui se voulait brusque.

* Voir *Cheval fantôme – Un mustang dans la nuit* (N.d.T.).

Sam n'arrivait toujours pas à comprendre si la rudesse de Brynna Olson venait du fait qu'elle avait un poste à responsabilité, que c'était une femme dans un métier où les hommes prédominaient, ou qu'elle était déterminée à dissimuler un cœur tendre. Si l'idée que des gens vendent comme viande de boucherie des chevaux qui ne leur servent plus à rien ne l'avait pas rebutée, elle n'aurait pas mentionné ce pauvre petit shetland.

« Après tout, je ne suis peut-être pas responsable de son insomnie, se dit Sam. Peut-être est-ce la pensée de ces malheureux chevaux qui l'a empêchée de dormir. »

C'est alors que, sans prévenir, Brynna changea de sujet :

— Mikki a eu trois beaux-pères en quatre ans. Elle a habité dans huit appartements différents et a fait sept écoles entre son année de CM1 et la sixième.

Sam tressaillit au ton accusateur :

— Ça doit être dur, se contenta-t-elle de remarquer.

Malgré la lourdeur du silence qui s'était installé entre elle et Brynna, elle n'avait pas envie de s'excuser. Elle occupa plutôt son esprit avec la barrière, dont le bois était fendu à un endroit.

« Il faudra que j'aplanisse ça avec du papier de verre avant qu'un cheval ne se blesse », se dit-elle.

— Je ne sais pas comment c'est arrivé, mais Mikki n'a pas menti lorsqu'elle a dit que sa mère s'était débarrassée d'elle, reprit Brynna.

Toujours sans répondre, Sam resta la main posée sur le bois. En réalité, elle essayait de se souvenir de sa réaction les fois où elle avait surpris son père en train de regarder Brynna. Elle avait détesté cela. Elle savait que sa réaction n'était pas fondée. Néanmoins, elle ne pouvait s'empêcher de croire que son père commençait à préférer Brynna à sa propre fille. Ce sentiment lui faisait l'effet d'un coup de poignard chaque fois qu'elle y pensait. Elle devait admettre que la situation de Mikki, dont la mère s'était remariée trois fois avant de se débarrasser d'elle, était sans doute bien pire. Sans compter que Mikki n'avait même pas douze ans.

Revenant soudain à la réalité, Sam se rendit compte qu'elle avait inconsciemment porté la main sur sa poitrine. Elle ne voulait pas sympathiser avec Mikki, mais son cœur souffrait pour elle à son insu. Délibérément, elle reposa la main sur la barrière.

— Vous n'avez pas le droit de me donner tous ces renseignements, dit-elle à Brynna.

— Non, c'est vrai. On pourrait même me renvoyer pour cela.

Inspirant profondément, Sam se tourna vers la maison. Sa grand-mère devait les attendre.

— Ça ne vous dérange pas qu'elle refuse de serrer la main de ma grand-mère ? Ça ne vous dérange pas qu'elle menace Jake ? Et...

Sam hésita en sentant ses joues s'empourprer :

— ... je sais que ce n'est pas très important, reprit-elle, mais elle me regarde comme si j'étais une sale péquenaude.

— Je vais te dire à quoi elle pense quand elle te voit, Samantha. À ses yeux, tu es la fille la plus heureuse du monde. Tu es entourée de personnes qui t'aiment, de chevaux, et tu as un avenir devant toi.

Sam résistait, mais elle était extrêmement touchée et eut bien du mal à refouler ses larmes, surtout lorsque Caïd s'approcha de la barrière et vint lui mordiller tendrement le dos de la main en soufflant. Elle se garda bien de dire à Brynna qu'elle se savait gâtée. Ou que Brynna avait tous les dons d'une fine psychologue. Mais les deux étaient vrais.

Une fois ses devoirs de classe terminés, Sam sortit aider Dallas. Le contremaître du ranch était apprécié de tout le monde, notamment pour la qualité de son travail. Bien qu'il prétende que le seul talent dont on pouvait réellement le féliciter était sa capacité à surveiller, rassembler, guider le bétail, assis sur son cheval, ce vieux cow-boy modeste aux cheveux blancs savait mettre la main à la pâte en toute circonstance.

Ce jour-là, il s'occupait du poulailler. C'était l'époque des averses de grêle et la période de la ponte. Mais, depuis des semaines, Grand-Mère Grace était persuadée que ses poules produisaient beaucoup plus d'œufs que ceux qui se trouvaient dans les pondoirs chaque matin. Quelque chose ou quelqu'un devait venir en dérober la nuit. En outre, elle avait remarqué que le grillage n'était plus très solide. Elle avait donc confié à Sam la tâche de tout remettre en état, et Dallas s'était proposé pour l'aider.

Il s'accroupit en grognant. Il avait mal partout après sa journée passée à cheval.

— Avec un trou pareil, l'intrus pourrait être un serpent, une belette ou un écureuil, s'exclama-t-il en découvrant un passage dans le grillage et en le mesurant avec ses doigts.

En revanche, même s'il aime les œufs, un raton laveur ne pourrait pas passer.

Sam aimait bien travailler avec Dallas. À partir du moment où elle participait, il ne la critiquait jamais. Il ne pensait jamais non plus que ses questions étaient stupides. Sans doute était-ce parce qu'il la connaissait depuis qu'elle était toute petite.

— Est-ce que les poules sont en danger aussi ? lui demanda Sam.

— Probablement pas, lui répondit Dallas. Si une bestiole s'attaquait à ces grosses peluches, elle n'arriverait jamais à ressortir, dit-il en pointant le doigt vers les poules, imposantes, hautes sur pattes, brun-rouge, symbole de l'État de Rhode Island. En plus, regarde comme elles hérissent déjà les plumes à cause de nous, tu penses bien qu'elles feraient un tel raffut pour se défendre que ça nous réveillerait, nous ou Flamme. En revanche, quand le printemps sera là, si elles ont des poussins, eux finiront dans l'estomac du coupable, c'est certain.

Sam frissonna en se figurant une grosse boule dans un long corps de serpent ondulant. Elle n'avait pas bronché, mais Dallas avait dû remarquer son tressaillement :

— Il suffit de changer le grillage partout, lui dit-il en suivant du doigt le pourtour de la structure en bois à l'intérieur de laquelle il était fixé. Ensuite, on fera passer une annonce pour trouver un coq. Un bien méchant. Et le prochain qui ose fourrer le bout de son nez dans ce poulailler le regrettera toute sa vie. Le coq l'aplatira comme une des crêpes de ta grand-mère.

Rassurée, Sam se mit au travail, accompagnée par les gloussements des poules. Elle les avait lâchées, comme tous les jours, et celles-ci en profitaient pour picorer tous les restes de nourriture ou les insectes qu'elles trouvaient. Apparemment, Soleil Noir n'avait jamais vu de telles créatures. La jument avait passé l'encolure par-dessus la barrière. Puis, la tête baissée, les oreilles pointées en avant, tremblante de fascination, elle s'était mise à étudier chacun de leurs mouvements.

— Regarde ! chuchota Sam en donnant un coup de coude à Dallas, le menton pointé dans la direction de la jument.

— Elle est en train de te prouver qu'elle est futée et qu'elle s'intéresse à d'autres choses qu'elle-même, lui répondit Dallas. La prochaine étape, c'est de lui faire comprendre qu'elle doit te regarder, toi, de la même façon qu'elle regarde ces poules.

— J'aimerais bien y arriver, soupira Sam. Mais j'ai bien peur que le Bureau de gestion la renvoie à son propriétaire.

— Oh, à mon avis, elle est ici pour un bon moment.

— Je l'espère. Je ne sais pas à qui elle appartient, mais cette personne ne la mérite pas, grommela Sam. Je l'achèterais moi-même si papa ne m'avait pas forcée à mettre cet argent sur un compte d'épargne.

À peine quelques semaines auparavant, elle avait gagné la récompense que Linc Slocum avait offerte pour retrouver sa pouliche appaloosa*, Apache Hotspot. Grâce à sa connaissance des chevaux et à ses talents de photographe, Sam était parvenue à démasquer un étalon sans troupeau, qui avait pris la fâcheuse habitude de venir enlever des juments qui paissaient tranquillement dans les pâturages des ranchs de la région.

Wyatt Forster n'était pas homme à aimer

* Petit cheval de selle américain, caractérisé par sa robe tachetée. Descendant des chevaux espagnols des conquistadors, il était initialement élevé par la tribu indienne des Nez-Percés, près de la rivière Palouse (N.d.T.).

les dépenses inconsidérées. Il avait donc autorisé Sam à s'offrir un bel appareil photo, à acheter quelques petits cadeaux pour lui-même et pour Grand-Mère Grace. Pour Jake, dont c'était l'anniversaire, il l'avait laissée acheter une têtière en cuir destinée à sa jument. Il avait accepté aussi qu'elle paie la nouvelle pompe à eau dont ils avaient tant besoin. Elle avait dû batailler fort pour qu'il cède sur ce dernier point. Debout, nez à nez, chacun les bras croisés sur la poitrine, ils s'étaient toisés jusqu'à ce que Wyatt Forster finisse par comprendre que sa fille était aussi obstinée que lui, sinon plus, et qu'il perdait son temps.

Mais il l'avait ensuite obligée à mettre le reste de l'argent de côté en prévision de ses études à l'université.

En fin d'après-midi, Sam partit donc avec Caïd comme elle l'avait décidé le matin même. Une brise légère soufflait, faisant onduler le tapis d'armoise recouvrant les terres. Elle avait dû promettre de rentrer à temps pour dîner, mais au moins, elle avait pu partir.

Caïd galopait large, à foulées coulées et régulières, et Sam se dit que Brynna avait sans doute raison. Elle avait beaucoup de chance. Cheveux au vent, emportée par un cheval plein de fougue à travers un paysage frappant par sa beauté, elle retournerait ensuite dans une maison où elle était aimée.

Ils avaient presque atteint la plaine des Tambours de guerre lorsque Sam se pencha en avant pour flatter l'encolure de Caïd. C'est alors qu'elle le vit.

Tout d'abord regardant devant elle au centre du cadre délimité par les oreilles du petit hongre, Sam prit le palomino pour un mustang solitaire. Un mustang qui avait des ailes. Sam repensa aussitôt à son étrange rêve, mais secoua vite la tête. Des ailes ? C'était impossible. Cependant, elle ne se trompait pas, il y avait bien *quelque chose* qui rebondissait sur les flancs de l'animal. Caïd s'était raidi.

— Tu sais ce qui se passe, mon cheval ? lui demanda-t-elle.

Sam plissa les yeux. Elle aurait bien aimé avoir son appareil pour mettre l'image au point. Tout était flou. Toutefois, au bout d'un instant, elle comprit. À chaque foulée du palomino, qui était lancé au galop, c'étaient des étriers qui s'envolaient. Le cheval était sellé, mais la selle était vide.

Mettant des jambes, Sam fit partir Caïd au galop, pour essayer d'aller couper le chemin au fugitif. À la tombée de la nuit, au beau milieu d'un haut plateau désertique, un cheval sans cavalier n'augurait rien de bon.

Chapitre 6

Le palomino ne demandait pas mieux que de s'arrêter. Il passa au trot, au pas, puis finit par venir marcher à côté de Caïd. Sam en profita pour attraper ses rênes.

Même si elle n'avait pas reconnu le cheval lui-même, son harnachement aurait suffi à lui indiquer à qui il appartenait. Les conchos argentés qui luisaient sur sa muserolle étaient assortis à ceux qui décoraient sa selle de cuir noir. Le palomino était paré comme pour un défilé. Il n'y avait qu'un homme dans tout le nord de l'État du Nevada pour harnacher ainsi un cheval à l'occasion d'une promenade un dimanche après-midi : Linc Slocum.

— Qu'est-ce que tu fais ici tout seul ? Tu

t'es enfui ? dit Sam à Champ, dont elle venait de se rappeler le nom.

Elle aurait compris qu'il le fasse. Slocum était un si piètre cavalier qu'il compensait ses faiblesses en se montrant cruel avec ses montures. Il leur mettait des mors qui les blessaient et usait à outrance de ses éperons. Champ n'avait pas de plaies sanglantes sur les flancs, mais les commissures de ses lèvres noires étaient blanches d'écume.

Sam scruta le paysage alentour. Il n'y avait pas de Slocum à l'horizon, une constatation qui la réjouit. Pour la première fois depuis qu'elle avait rencontré cet homme qu'elle détestait, le hasard lui donnait l'occasion d'aider un de ses malheureux chevaux. Elle continua à parler d'une voix douce pour apaiser le palomino et, ce faisant, mit pied à terre, laissa Caïd rênes au sol, et s'approcha de Champ.

Slocum lui avait mis un mors à palet. Vu de l'extérieur, l'objet, en argent finement ciselé, était magnifique, mais à l'intérieur, il pouvait se transformer en engin de torture. Son embouchure métallique de huit centimètres appuyait sur les parties les plus tendres de la bouche du cheval. D'après Dallas, aux mains d'un cavalier expérimenté, ce mors permettait un travail tout en finesse et en élégance. Avec

Slocum, avait-il ajouté, c'était comme de donner un rasoir à un singe et s'attendre à ce qu'il vous rase de près sans vous couper.

Où qu'il soit, Sam savait que Slocum ne tarderait pas et qu'elle devrait lui rendre Champ. Elle s'empressa donc de desserrer le mors pour qu'il souffre moins une fois que Slocum aurait repris les rênes.

À peine avait-elle terminé que Slocum apparut au loin, boitant sur ses bottes de cow-boy à talons hauts. Sam partit à sa rencontre, tenant d'une main les rênes du palomino.

— Je t'aime bien, Champ, murmura-t-elle au cheval tout en avançant, mais ce n'était vraiment pas le moment que tu désarçonnes ton cavalier. Je suis pressée !

Toutefois, elle était presque arrivée à la plaine des Tambours de guerre et, une fois Slocum remis en selle, elle aurait toute la tranquillité qu'elle souhaitait, car le ranch de la Poussière dorée était trop éloigné pour que Slocum décide de rester plus longtemps. Sam espérait seulement qu'il n'avait pas semé le désordre dans la région et effarouché la faune qui y vivait, que ce soit les lièvres... ou les mustangs.

— Ha ! tonna Slocum lorsqu'il fut à portée de voix. Quel beau spectacle !

Sam aurait pu répondre à l'identique. La chemise écossaise de Slocum et son jean n'avaient rien d'outrancier. C'étaient ses pieds qu'elle ne pouvait quitter des yeux.

Les vrais cow-boys, ceux qui travaillent, portent leur jean par-dessus leurs bottes. Slocum, lui, avait fourré les jambes de son pantalon à l'intérieur pour que tout le monde puisse admirer les découpes rouges et jaunes, et les magnifiques surpiqûres vertes qui les décoraient. C'était d'un mauvais goût égal au clinquant du harnachement de son cheval.

Avec son corps en forme de barrique, perché sur ses talons obliques, sa marche dans le désert n'avait pas dû être une partie de plaisir. Et pourtant, il avait l'air de bonne humeur. Ses cheveux noirs étaient impeccablement lissés vers l'arrière comme toujours et son sourire aux dents blanches étincelantes, sous ses joues en feu, lui donnait l'air d'un acteur de publicité pour lotion bronzante.

— Bonjour, lui lança Sam. Vous aviez un rendez-vous ?

Il ne vint même pas à l'idée de Slocum que

Sam pouvait faire référence à son accoutrement.

— Non, je viens chercher mon cheval, lui répondit-il en soufflant comme un bœuf et en lui prenant les rênes de Champ des mains. Il m'a fait faire un tel soleil que j'aurais pu vérifier s'il y a des petits bonshommes sur la lune ou non.

Sam rit poliment. Slocum adorait utiliser des expressions qu'il considérait caractéristiques de l'Ouest américain. Dans la bouche de Dallas, elles auraient pris un tour coloré mais dans celle de Slocum, elles tombaient toujours à plat.

— Bon, trêve de plaisanterie, comment ça va chez vous en ce moment ? reprit Slocum.

— Comme d'habitude, lui répondit Sam.

Slocum adorait les ragots, qu'il s'empressait toujours de déformer davantage. Si elle ne souhaitait pas être confrontée à un tissu de mensonges dans l'autobus de l'école dès le lendemain matin, Sam avait tout intérêt à ne rien raconter de la journée de la veille.

— Eh bien, moi, j'ai de bonnes nouvelles.

Avec Slocum, Sam s'attendait à tout sauf à ce que ses nouvelles soient « bonnes ».

— Je démarre un élevage de taureaux

brahmas* pour fournir les organisateurs de rodéos. Ce n'est pas une bonne idée, ça ?

Sam se força à acquiescer d'un sourire, sans pouvoir se retenir de penser que la nouvelle de Slocum non seulement n'était pas bonne, mais était même potentiellement dangereuse. Un homme qui avait, « par mégarde », employé un criminel pour l'aider à capturer le Fantôme** ; qui donnait à sa fille des milliers de dollars pour ses vêtements, son maquillage, ou quelque caprice que ce soit ; qui ne pouvait rester deux secondes sur sa monture ni ne savait s'habiller de façon appropriée ; un tel homme ne devrait jamais s'approcher ni s'occuper d'animaux de près de deux tonnes réputés pour leur agressivité. À treize ans, Sam avait plus de bon sens que lui.

Slocum n'attendit pas de connaître son opinion, et reprit :

— On devrait me les livrer dans deux semaines à peine. Les enclos sont prêts. Je voulais inviter Wyatt, Grace, et toi bien sûr, à un petit brahma-cue !

— Vous allez les manger ?

* Taureaux originaires de l'Inde jugés comme étant les plus redoutables dans les rodéos (N.d.T.).

** Voir *Cheval fantôme – L'étalon sauvage* (N.d.T.).

— Mais bien sûr que non, ma belle ! C'est un jeu de mots. Je demanderai à mon cuisinier de nous faire des queues de homard et de bons vieux steaks d'aloyau. Tu crois que vous pourriez tous venir ?

— Bien sûr.

Sam savait que son père pleurait chaque minute perdue en compagnie de Slocum, mais il serait curieux de voir ses nouvelles bêtes. Quant à sa grand-mère, elle trouvait toutes les occasions de sorties, quelles qu'elles soient, bonnes à prendre. En outre, elle y apporterait certainement un gâteau fourré au chocolat ou une tarte au citron meringuée, les deux desserts préférés de Sam.

— Parfait, tu m'as épargné un voyage, reprit Slocum. Si ça ne te dérange pas, est-ce que tu pourrais prévenir le père de Jake Ely... Quel est son nom déjà... Luke, ah oui, c'est ça... Ils sont invités aussi.

Sam se figura Slocum arrivant au ranch des Trois Poneys dans son accoutrement du jour. M. et Mme Ely auraient sans doute réussi à garder leur sérieux. En revanche, Sam pouvait s'imaginer à quel point les railleries auraient fusé entre Jake et ses six frères.

Slocum monta en selle et, aussitôt, tira sèchement sur les rênes. Il voulait que le palomino fasse demi-tour, mais l'action de ses mains était si brusque que Champ se défendit par de grands mouvements de tête à droite et à gauche. Brynna avait sans doute raison de choisir le Méandre pour le Programme de protection des chevaux et des cavaliers. Slocum n'était pas un exemple à donner à des adolescentes déjà perturbées.

Vaincu par les éperons et la main insensible de son cavalier, Champ finit par obéir et pivota sur ses postérieurs. Il roulait les yeux et encensait, mais Sam se rassura à la pensée qu'il n'avait pas dû trop souffrir puisqu'elle lui avait desserré le mors. Elle se félicita, d'autant que Slocum ne s'en rendrait jamais compte.

— *Adios, muchacho !* lança-t-il alors, tout en poussant Champ au galop d'un grand coup d'éperons.

Sam le salua de la main. *Muchacho.* L'espagnol de Slocum était encore pire que son anglais. Enfin. Sam le regarda s'éloigner, rassurée. Elle en était débarrassée et pouvait maintenant attendre le Fantôme en toute tranquillité.

Sam consulta sa montre. Elle allait devoir partir. Elle était censée être rentrée dans vingt-cinq minutes exactement. C'est le temps qu'il lui faudrait pour rejoindre le pont du Méandre. Ensuite, il lui resterait encore à desseller Caïd, à le panser et à le conduire jusque dans le corral. Qui sait combien de temps cette opération lui prendrait si Soleil Noir tentait de s'échapper ?

Comble de malchance, il s'était mis à pleuvoir. De grosses gouttes tambourinaient sur le rebord de son vieux Stetson marron. C'en était trop, elle ne pouvait plus attendre le Fantôme. Et pourtant, il lui manquait tant que, l'espace d'un instant, elle le confondit avec le rideau de pluie argenté qui s'abattait sur la crête.

— On y va, finit-elle par dire en lâchant la bride de Caïd. Ça ne sert à rien de se mouiller.

Le petit mustang resta immobile.

— Caïd ? s'étonna Sam.

Il avait tourné la tête. Sam fit de même. À peine visibles dans la pluie, en silence, lentement, le Fantôme et son troupeau descendaient le flanc de la colline en suivant une fracture dans la roche. Ils se dirigeaient vers la mare.

Comme elle l'aimait ! Sam ne se sentait même pas coupable de déloyauté envers Caïd. Caïd était son ami. Le Fantôme, lui, était la perfection même, souverain parmi ses semblables. Ce soir-là, il se déplaçait avec la prudence d'un chevreuil. Elle ne l'avait jamais vu se mouvoir de cette façon. Sa tête était en mouvement constant, flairant vivement, en tous sens, la pluie et le vent. Il étudiait aussi des yeux le moindre petit buisson, de peur qu'un être humain ne s'y cache.

Soudain, un antérieur plié, il se figea. Il venait de détecter la présence de Sam. Elle vit ses naseaux se dilater et son corps fut parcouru de frémissements. Derrière lui, les juments s'agitèrent.

L'espace d'un instant, le monde s'arrêta de tourner. Puis, poussant un hennissement retentissant, le Fantôme s'élança dans un galop puissant. Il avait décidé que Sam ne constituait pas un danger. Il entra dans la mare et y plongea la tête pour se désaltérer. Ensuite, il releva brusquement l'encolure, sa crinière flottant devant ses yeux un instant, et se tourna vers les juments. Aussitôt, ces dernières dévalèrent à leur tour le flanc de la colline, tandis que lui ressortait de l'eau pour repartir se poster sur la crête balayée par le vent, d'où il monterait la garde.

Sam regarda les autres chevaux. Ils étaient tous magnifiques : l'isabelle sauvage, les deux alezans brûlés, le poulain alezan cuivre qui avait failli rester entre les mains des voleurs la veille... Mais le plus beau était incontestablement le Fantôme. Sam tourna de nouveau son attention vers lui. Il gravissait le sentier, à coups de foulées puissantes, sa crinière et sa queue en panache flottant au vent.

C'était lui qu'elle était venue voir, l'étalon d'argent. Tous deux se connaissaient bien. Les chevaux n'oublient jamais. Il se souvenait certainement de ses erreurs de petite fille, lorsqu'elle essayait de le dresser, alors que lui-même n'était encore qu'un jeune poulain. Elle n'avait jamais feint d'être gentille, ni polie, ni plus courageuse que d'autres, avec les chevaux. Avec lui, encore moins. Cependant, il lui faisait confiance.

Soudain, le Fantôme s'arrêta en pleine course et pivota sur ses postérieurs malgré l'étroitesse du sentier. Aussitôt, l'isabelle sauvage bondit hors de l'eau de la mare, immédiatement imitée par le reste du troupeau. Sam regarda alentour, sans rien remarquer. Qu'est-ce qui les avait effrayés ? Était-ce le bruit de la pluie sur les feuilles de céanothes ?

Affolées, les juments s'étaient déjà ruées vers le sentier et le gravissaient au galop. Lorsqu'elles eurent rejoint l'étalon, elles poursuivirent leur chemin, tandis que lui, immobile, sur le qui-vive, regardait toujours dans la direction de Sam. Caïd s'était mis à trembler. Puis il émit un hennissement sourd et inquiet et tourna la tête vers la grand-route qui longeait la plaine.

C'est alors que Sam entendit le crissement de pneus sur la chaussée mouillée. Un véhicule venait de bifurquer et s'engageait sur le chemin de terre qui menait à la mare. Son moteur, qui cliquetait, ronflait et toussotait à chaque cahot de ses roues dans les ornières.

Caïd avait entendu des centaines de véhicules auparavant. Mais il savait bien, comme le Fantôme, que celui-ci n'était pas n'importe quel véhicule. C'était un camion, couleur sable.

Sam comprit alors pourquoi l'étalon avait laissé son troupeau partir sans lui. Il venait de s'élancer et dévalait la pente au grand galop. Une fois encore, il avait décidé de la protéger, elle. Il voulait l'emmener avec ses autres juments. Sans hésiter, Sam enfonça alors ses talons dans les flancs de Caïd.

— Vas-y ! lui hurla-t-elle tout en se couchant sur son encolure.

Sa décision causa une brève confusion. L'étalon arrivant sur eux, il les heurta de côté, écrasant la jambe de Sam qui se retint pour ne pas hurler. Puis, dans un nuage de poussière soulevé par le piétinement de leurs sabots, les deux chevaux se rééquilibrèrent et s'élancèrent de front sur les pas du reste du troupeau conduit par l'isabelle sauvage.

Sam se garda bien de résister. Les voleurs de chevaux devaient savoir maintenant que leur jument avait disparu. Ils devaient donc craindre d'avoir été démasqués. Il était peu probable, bien sûr, qu'ils connaissent jusqu'à l'existence même de Sam, mais elle n'avait aucune envie de vérifier.

Soulevé par la vitesse et le vent, son Stetson s'envola, retenu seulement par sa jugulaire. Les lanières en crins de chevaux tressés lui entamèrent la peau et la pluie lui martelait le visage. Mais quelle griserie que de voler ainsi emportée par sa monture ! Tout en se penchant encore plus sur l'encolure de Caïd, elle empoigna des touffes de sa crinière sans lâcher les rênes et laissa ses poumons s'emplir de l'odeur des roches, de la terre mouillée, et de la chaleur qui se dégageait de la peau écumante des deux chevaux.

Caïd et le Fantôme eurent vite fait d'avoir rattrapé le reste du troupeau, qui venait d'arriver à l'entrée d'une gorge sombre envahie de buissons. Sans s'arrêter, les chevaux s'engagèrent dans ce goulet et une bousculade s'ensuivit. Des piquants déchirèrent le jean de Sam, lui égratignèrent les mains. La masse imposante de l'une des bêtes, un cheval à robe noire, aussi fort qu'un rhinocéros, les écrasa alors, elle et Caïd, contre la roche. Puis l'espace s'élargit de nouveau. Ils étaient désormais dans une sorte de clairière totalement dissimulée par les buissons.

Les chevaux s'arrêtèrent, leur souffle s'imprimant dans l'humidité de l'air. Sam n'avait pas couru, mais son cœur battait tout pareil. Remarquant qu'au milieu de tous ces chevaux elle était la seule à haleter, elle s'efforça de retenir son souffle.

Le Fantôme se tenait nez à nez avec Caïd. Il agitait la tête en silence de haut en bas, tout en gardant ses yeux rivés sur Sam à travers les mèches argentées de son toupet.

Non loin de là, le rugissement du moteur s'arrêta. Les voleurs cherchaient-ils les chevaux ou bien Sam ? Peu importe. S'ils trouvaient les mustangs, ils la trouveraient, elle, et *vice versa*. Sam observa les yeux noirs du Fantôme. Il la considérait comme faisant partie de son troupeau.

Une portière du camion s'ouvrit et se referma, déclenchant un frémissement parmi les chevaux. Puis des bruits de pas crissèrent dans la terre rocailleuse. Sam ferma les yeux, regrettant que l'obscurité derrière ses paupières ne puisse la dissimuler tout entière.

Le jour de son retour au ranch, elle et son père avaient vu un hélicoptère pourchassant des mustangs pour les attirer dans un piège. Comme par enchantement, ils avaient disparu. « Les mustangs ont des passages secrets vers des refuges cachés », lui avait dit son père, des passages que les êtres humains n'arrivaient jamais à déceler. C'était précisément dans l'un de ces refuges qu'elle se trouvait, tapie comme un animal attendant que son prédateur perde patience et abandonne la chasse.

C'est ce que les voleurs finirent par faire. La portière s'ouvrit et se referma de nouveau, et le moteur se remit à ronfler. Puis le bruit des pneus qui tournent en projetant des gerbes de boue s'éloigna peu à peu.

Le Fantôme sortit en reculant de l'épais hallier, suivi des juments, et enfin de Caïd, dont Sam avait retenu les rênes. Elle remarqua alors que le crépuscule avait cédé la place à l'obscurité. Elle regarda sa montre. D'après les chiffres bleu-vert qui luisaient au cadran, elle aurait dû être rentrée depuis une demi-heure déjà.

Au son du cliquètement de leurs sabots, la

jument de tête et le reste du troupeau reprirent le sentier rocailleux. L'ombre pâle du Fantôme fermait la marche, se détachant sur le ciel sombre.

« Au revoir, Zanzibar. » Sam n'avait prononcé ces mots que dans sa tête. Bien qu'elle soit le seul être humain maintenant sur ce flanc de colline, elle ne voulait pas risquer de trahir le nom secret de son étalon.

Une fois arrivé sur la crête toujours balayée par le vent et la pluie, le Fantôme s'immobilisa et tourna la tête vers Sam. Puis il reprit sa marche et elle fit faire demi-tour à Caïd. Il était temps qu'elle rentre à la maison. Son père et sa grand-mère étaient certainement très inquiets. Elle leur dirait la vérité. Toute la vérité.

Elle avait eu peur, cachée avec le troupeau. Ces voleurs constituaient pour elle une menace bien trop lourde à porter.

Chapitre 7

La cour du ranch était inondée de lumière. La grange aussi était éclairée et la porte de la cuisine était grande ouverte. Le camion des Ely était garé, ses phares dirigés sur le chemin allant du pont à la maison, qui, avec ses murs blancs illuminés, paraissait plus accueillante que jamais.

Sam se demanda qui son père et sa grand-mère avaient appelé. Elle passa le pont et les vit en train de parler avec Dallas sous la galerie. L'ayant flairée, Flamme aboya et tous trois se tournèrent vers elle. Dallas, le doigt sur le rebord de son chapeau, adressa alors un bref salut au père et à la grand-mère de Sam et prit congé.

Il avait décidé de rejoindre le bâtiment des employés et croisa Sam en chemin.

— Tu vas bien ? lui demanda-t-il, éclairé par les phares du camion.

Sam opina.

— Et le cheval ?

— Oui, lui aussi. Il a été formidable. C'est juste qu'on a eu des ennuis, poursuivit Sam tout en essayant de contrôler sa voix.

— Je vais m'occuper de lui, suggéra Dallas en prenant les rênes de Caïd. Tu ferais mieux de raconter le reste au patron. *Pronto.* Il n'a pas encore appelé tout le comté, mais il n'en était pas loin.

Sam mit pied à terre et regarda Dallas et Caïd s'éloigner. Elle avait réussi à ne pas trembler en parlant, mais c'étaient ses jambes qui se dérobaient sous elle maintenant.

Jake était assis dans le camion. Elle ne voyait pas l'expression de son visage, mais elle savait qu'il serait en colère. Voire furieux. Il détestait s'inquiéter pour elle. Toutefois, lorsqu'elle lui rétorquait que c'était son problème et qu'elle n'avait pas besoin de lui, il fulminait encore plus.

Grand-Mère Grace était repartie dans la cuisine, probablement pour appeler ceux qui auraient participé aux recherches si Sam n'était pas revenue. Quant à Wyatt Forster, il croisa les bras, s'appuya contre l'un des piliers de la galerie, et attendit sa fille.

Sam ne s'en étonna pas. Dans l'Ouest, c'est la règle. Quand on vit dans un ranch, il faut savoir se débrouiller seul et ne pas causer d'ennuis.

« Il me suffit de traverser la cour et d'aller lui expliquer », se dit Sam. Cependant, elle ne rêvait que de se laisser choir, là, par terre, de relever ses genoux sur sa poitrine, de reposer le front sur eux, et d'attendre que son père vienne à elle. Mais il ne viendrait jamais la chercher. C'était à elle de le rejoindre. Comme pour l'encourager, Flamme l'accompagna en bondissant autour d'elle et en lui léchant les mains.

— Je sais que tu as retrouvé le cheval de Slocum, mais c'était il y a plus d'une heure, lui lança soudain son père.

— Je sais, lui répondit Sam.

Si Slocum était au courant qu'elle avait disparu, Rachel le serait aussi, et toute l'école l'apprendrait avant la fin de la première heure de cours le lendemain matin. Tant pis. Pour l'instant, elle devait se concentrer sur ses jambes et continuer à marcher.

— Tu as l'air un peu pâle, remarqua son père en décroisant lentement les bras lorsque

Sam fut tout près. Assieds-toi pour me raconter ce qu'il s'est passé.

Sam se laissa tomber sur la plus haute marche du perron et referma sa veste sur elle pour se protéger du vent et de l'humidité.

— Tu préfères aller à l'intérieur ? lui demanda alors son père en lui posant une main sur l'épaule.

Sam déclina l'offre d'un signe de tête.

— Les voleurs sont revenus, commença-t-elle. Je ne sais pas s'ils cherchaient les chevaux ou moi, mais j'ai été obligée de me cacher en attendant qu'ils partent.

Sam entendit son père étouffer une exclamation comme si quelqu'un lui avait décoché un coup de poing à l'estomac.

— Ce n'est pas grave, ma chérie, lui dit-il alors en s'asseyant à ses côtés et en lui passant le bras sur l'épaule.

Enfin rassurée, Sam se blottit tout contre lui, et lui raconta tout.

Il s'avéra que Rachel Slocum n'avait pas considéré l'aventure de Sam digne d'intérêt et que personne à l'école n'en avait entendu parler. Un soulagement pour Sam.

Sinon, Jake était au courant ; Brynna Olson aussi, car le père de Sam avait insisté pour qu'elle lui redonne le signalement du camion ; et Sam s'était confiée à Jen.

La seule décision d'importance qui avait été prise depuis était que Sam n'avait plus le droit d'aller nulle part non accompagnée.

C'est pourquoi le mardi après-midi, elle resta devant l'école au lieu de faire seule à pied les deux kilomètres qui la séparaient du ranch.

— Tu n'as pas besoin de m'attendre, dit-elle à Jen, qui avait décidé de lui tenir compagnie. Ma grand-mère va arriver.

— Tu crois que je vais rater le moment où les méchants viendront t'enlever ? lui répondit Jen en regardant Sam par-dessus les montures foncées de ses lunettes tout en tournicotant entre ses doigts sa maigre tresse de cheveux blonds. Oh, que non ! reprit-elle. J'ai déjà loupé le premier chapitre. Tu ne réussiras pas à te débarrasser de moi pour la deuxième partie.

Son rhume était presque fini et son sens de l'humour était revenu.

— À mon avis, il n'y aura pas de deuxième partie, répondit Sam. Les voleurs doivent savoir que les agents fédéraux sont à leur recherche, alors je serais étonnée qu'ils reviennent. En plus, c'est Soleil Noir qu'ils veulent, pas moi.

— Tu n'as vraiment pas peur ?

Sans répondre, Sam fit l'inventaire de ses sentiments. La frayeur qui l'avait submergée dans le repaire des chevaux avait presque disparu.

— Pas vraiment, non, répondit-elle alors.

Elle était à peu près sûre d'elle, jusqu'à ce que Jen, d'un signe de tête emphatique, lui lance :

— Parfait.

— Pourquoi dis-tu cela ? lui demanda Sam.

— Jeudi après-midi, on n'a pas cours. Les profs sont en réunion, tu te souviens ? lui rappela Jen. Donc, à moins que tu ne sois qu'une copine lâcheuse qui se désintéresse de mes sentiments ou des excellents cours privés que je te donne en maths...

— Reprends ton souffle et achève, l'interrompit Sam.

— ... tu vas m'emmener au Canyon perdu.

Sam ne posa pas de question. La curiosité de Jen ne faisait que refléter la sienne et Sam savait également que, si les rôles avaient été inversés, elle aurait elle-même voulu aller voir le théâtre de cette aventure.

En outre, Sam n'avait aucune raison de ne

pas y retourner. Pour se donner bonne conscience, elle essaya néanmoins de dissuader son amie :

— Les gardes fédéraux y sont déjà allés, tu sais.

Jen se frotta les mains de plaisir :

— Encore mieux, lança-t-elle. Ils ont peut-être laissé des rubans jaunes pour délimiter la scène du crime, ou bien un peu de cette poussière magique qu'ils utilisent pour relever les empreintes !

— Je ne sais pas comment ils font, Jen. De toute façon, tu veux être vétérinaire, pas policier.

— Oui, mais tu me connais, je n'aime pas mettre tous mes œufs dans le même panier. Alors, c'est oui ?

— D'accord.

Puis baissant la voix comme si elle craignait qu'on l'entende, Sam reprit :

— Je voudrais commencer à dresser Soleil Noir.

— Ah, oui ! s'enthousiasma Jen. J'espère que tu vas pouvoir la garder. Comme ça, Bébête ne sera plus la seule névrosée de la région, ajouta-t-elle d'un ton ironique.

Jen se moquait toujours de sa jument, Bas

de Soie, qui était très nerveuse, mais qu'elle aimait tout autant que Sam aimait Caïd.

— Tu vas avoir un sacré travail de fond à faire avec elle, reprit Jen, qui était passée au ranch la veille pour voir Popcorn et Soleil Noir. Elle restera imprévisible un bon bout de temps à mon avis. Mlle Olson a raison de prendre Popcorn pour le PPCC. Je me demande s'il n'a pas du sang de cheval de trait dans les veines.

— C'est vrai. Il devrait donc être plus calme, acquiesça Sam. Enfin, lorsqu'il se laissera approcher. Au moins, il n'a pas l'œil fou.

« Pas comme Soleil Noir. » Sam avait choisi de ne pas prononcer son nom pour refouler le souvenir de la jument, désespérée, voulant suivre les autres chevaux dans le camion. Ce jour-là, elle s'était moquée de savoir leur destination. Elle voulait simplement ne pas rester seule les yeux bandés.

— En plus, reprit Sam en soufflant sur sa frange, Popcorn n'a pas été maltraité intentionnellement. Ses propriétaires ont dit à Brynna qu'ils avaient juste essayé de le dresser comme ils l'avaient vu faire dans les films. Le lendemain de son arrivée chez eux, ils l'ont attaché à un poteau, lui ont mis une selle sur le dos et sont montés. Il a rué, s'est cabré, et a fini par se détacher et par passer au travers d'une barrière. Après cet incident, il ne s'est plus laissé approcher. Au bout d'un certain temps, ils s'en sont désintéressés.

— Bonjour, ravie de vous rencontrer, fit Jen, se faisant passer pour le propriétaire de Popcorn. Je sais que vous avez vécu en liberté toute votre vie, mais laissez-moi donc ligoter votre tête en la tordant un peu, vous mettre quelque chose de lourd sur le dos, serrer fort une sorte de ficelle sous votre ventre, et... mais si... maintenant, je vais vous sauter dessus ! Mais à quoi pensent les gens ?

— Tu feras un bon vétérinaire, dit Sam à son amie. Tu réfléchis comme un cheval. En tout cas, selon Brynna, Popcorn n'a jamais blessé personne. En fait, le Bureau de gestion ne l'a pas retiré à ses propriétaires ; ce sont eux qui le lui ont renvoyé.

— Ben tiens, comme une paire de chaussures trop petites, grommela Jen.

— Ah, voilà grand-mère ! dit Sam tout en faisant un signe de la main en direction de la grosse Buick qui approchait.

Jen, elle, n'avait pas fini de rouspéter.

— Il y a des gens qui ne comprennent pas que les chevaux, aussi, ont des sentiments ! s'exclama-t-elle.

— Oui, c'est vrai, fit Sam en pensant soudain, non plus à Soleil Noir, mais à Mikki.

La mère de cette dernière ne l'avait pas exactement renvoyée, mais elle l'avait fait placer en foyer.

Sam se souvint alors que cette petite peste venait le jour même prendre sa première leçon avec Popcorn et Jake. Sa conversation avec Jen aidant, Sam se dit que Mikki méritait un peu de son indulgence. C'était décidé, elle tâcherait d'être aimable avec elle. Après tout, il n'y avait pas de raison que ce soit difficile.

Mikki planta ses mains sur ses hanches. Elle était vêtue d'un jean serré et d'un haut rose en Nylon qui lui arrivait au-dessus du nombril. « Il faudrait que quelqu'un lui fasse remarquer que son tee-shirt est trop court et que les épis dans ses cheveux blonds ressemblent à des plumes mouillées », se dit Sam en la voyant.

Manifestement, Jake lui avait déjà fait une réflexion, car Mikki n'était pas contente.

— Tu veux que j'aille m'asseoir par terre dans cet enclos, pendant une heure, et c'est tout ? ! s'exclama-t-elle. Tu vas pas me dire qu'on te paie pour ça, j'espère !

Jake ne portait pas de protections sur son

pantalon ce jour-là. Il avait mis un jean propre et une chemise blanche à manches courtes. Il avait même ôté son chapeau pour parler à la fille. Étant donné le tour que prenaient les choses, il le campa de nouveau sur ses cheveux noirs et brillants, qu'il avait attachés comme toujours à l'aide d'une lanière en cuir.

— On te paie ou on te paie pas ? insista Mikki.

Pour toute réponse, Jake lui tourna le dos et entra dans l'enclos.

— Pourquoi est-ce qu'il ne dit rien ? hurla Mikki en pivotant sur ses talons pour faire face à Sam.

Mikki venait tout juste d'arriver et, déjà, Sam comptait les minutes avant que son éducatrice ne revienne la chercher.

— Hein ? reprit Mikki. C'est quoi, son problème ?

— Je pense qu'il te traite comme il traiterait un poulain qui fait un caprice. Il attend que tu te calmes, pour pouvoir se mettre à travailler.

— Comme un cheval ?

— Ouais... et encore, tu as de la chance. Avec moi, il n'est même pas aussi gentil. En revanche, il adore les chevaux.

— Tu te paies ma tête, ou quoi ?

— Pas totalement, confessa Sam. J'ai grandi avec Jake et mon surnom, avec lui, c'est « la môme ».

Avec une moue de méfiance, Mikki finit par dire en pointant le pouce vers l'enclos :

— Alors, tu crois qu'il faut que j'y aille ?

— Dans une minute, oui, lui répondit Sam en levant un doigt.

Elle avait autre chose à lui dire, une information assez embarrassante, mais si elle se taisait, la fille pourrait s'attirer des ennuis.

— Mon père ne s'énerve pas souvent, commença-t-elle.

— Ouais, je sais, ils sont tous comme ça au début, railla Mikki.

— Dans son cas, je peux te dire que ça fait treize ans que ça dure, lâcha Sam, agacée. En revanche, il y a une chose qu'il ne tolérera jamais : c'est qu'on fume près de la grange.

— En quoi ça me concerne ? Tu m'as vue fumer, toi ?

— Non, répondit Sam, sentant ses poings se fermer. Je n'ai rien vu, mais tu sens la cigarette. Si ça leur est égal au foyer, c'est leur problème, mais notre grange, elle, partirait en fumée comme ça, fit Sam en claquant des doigts sous le nez de Mikki. Je te le dis, si mon père t'attrape, il te fera faire demi-tour et te fichera à la porte si vite que tu en auras le tournis.

À l'étincelle dans ses yeux, Sam comprit que Mikki l'avait provoquée pour lui faire perdre patience. Elle avait réussi.

« Reprends-toi », se dit Sam tout en ouvrant le portail de l'enclos circulaire. À l'intérieur, Popcorn s'effaroucha en roulant les yeux. Sa réaction rappela à Sam que Mikki n'était pas la seule à devoir bénéficier de l'aide du Bureau de gestion, pas la seule, et certainement pas celle qui le méritait le plus.

Popcorn était grand pour un mustang, il faisait un mètre cinquante environ. Ses yeux semblaient faits d'un cristal aux reflets bleus. Bâti comme un quarter horse*, le hongre se couvrait déjà pour l'hiver d'une robe aux crins longs et frisés, qui le faisait ressembler à un animal en peluche.

Mais lorsque Sam pointa la tête dans l'enclos pour parler à Jake, qui s'était assis par terre à droite du portail, Popcorn recula

* Cheval de selle américain, de petite taille, solide, à la croupe très musclée, capable de démarrages foudroyants et très rapide sur de courtes distances. C'est un cheval très complet, endurant, courageux, sûr et docile. Le parfait compagnon dans un ranch (N.d.T.).

encore de peur en hennissant sourdement avant d'aller heurter la barrière.

— Tu veux entrer ? demanda Jake.

— Non ! lança Mikki derrière Sam.

Cette dernière se pencha vers Jake et lui murmura alors :

— Je te laisse avec tes bêtes sauvages. Je t'attendrai dehors...

Tout en grommelant, Jake fit signe à Mikki de s'approcher. Sam lui céda la place et Mikki passa, non sans lui décocher un regard mauvais. Elle n'aimait pas être laissée de côté.

Sam referma le portail en souriant. Jake fondait l'une de ses stratégies de dressage des chevaux sur le fait que ce sont des animaux grégaires. Peut-être sa technique aurait-elle aussi du succès avec des enfants.

Curieuse, Sam se colla le nez entre deux planches de la barrière pour voir ce qui se passait à l'intérieur. Selon son habitude, Jake était avare de ses mots.

— Assieds-toi, dit-il à Mikki en pointant le menton vers un endroit à mi-chemin entre Popcorn et lui. Appuie-toi contre la barrière. Tu en as pour un bon moment.

— Une heure entière ? demanda Mikki, qui avait cessé de pleurnicher maintenant qu'elle avait le mustang sous les yeux.

— Tu as combien de temps ? lui répondit Jake. Il ne te fera jamais confiance s'il ne te voit pas régulièrement.

— Ça, je m'en doute, lui dit Mikki avant de se laisser tomber par terre et de s'asseoir en tailleur.

Sam regarda sa montre, pariant avec elle-même que Mikki ne tiendrait pas plus de cinq minutes sans gigoter ou sans parler. Deux minutes plus tard, montre en main, Mikki explosa :

— Et je suis censée faire quoi ?

Au son de sa voix, Popcorn s'emballa.

— Oh... reprit Mikki tout doucement d'un ton de regret. J'ai fait une erreur. Dis-moi ce que je dois faire ou pas.

— Tu ne peux pas vraiment faire d'erreur, lui dit Jake. Il te suffit de l'observer. Regarde les mouvements de ses oreilles, de ses yeux, de ses sabots, de tous ses membres.

— D'accord, ça, je peux le faire.

Cette fois, Mikki s'y tint. Sam la surveilla pendant vingt minutes, avant d'être obligée d'aller effectuer ses corvées. Elle laissa le goûter que sa grand-mère avait préparé, fit tout son travail en un éclair et, lorsqu'elle revint à l'enclos, Jake et Mikki en sortaient.

Mikki s'étira, puis mit ses mains dans ses poches en détournant son regard de Jake.

— Alors, qu'est-ce que tu as remarqué ? lui demanda celui-ci.

Mikki se contenta de hausser les épaules.

— Je ne veux pas d'interprétation, je veux juste que tu me dises ce que tu as vu.

— À quoi ça sert, si je ne sais pas ce que ça veut dire ? lui rétorqua Mikki en haussant de nouveau les épaules. Il est resté là, c'est tout.

Sam aurait bien aimé avoir une caméra pour pouvoir montrer ensuite à Mikki à quoi elle ressemblait, à se tenir comme elle le faisait. Outre son haussement d'épaules et ses mains dans ses poches, Sam avait remarqué qu'elle ne regardait pas Jake non plus. Elle avait fixé son regard par-dessus son épaule. Elle avait l'air inquiète, pas insolente.

Sam aurait de nouveau parié que Mikki ne se risquait pas à donner de description, tout simplement parce qu'elle avait peur de faire des erreurs. En réalité, elle agissait exactement comme le cheval qu'elle était venue étudier.

— Qu'est-ce que tu as pensé de ses yeux ? la pressa Jake.

— D'accord ! lui répondit Mikki en criant presque. Il avait des lignes au-dessus des yeux, comme s'il était inquiet, et il n'a pas apprécié que je le fixe, lâcha Mikki avant de s'humidifier les lèvres. Quand il voyait que je l'observais, il détournait la tête. Puis, quand je regardais ailleurs, c'est lui qui m'étudiait. On a joué à ce petit jeu plusieurs fois. Ça te pose un problème ? lança Mikki d'un ton agressif.

— Rien d'autre ? se contenta de lui demander celui-ci.

— Quand je bougeais les mains ou les pieds, tout simplement parce que j'avais des fourmis, il s'éloignait. C'est idiot, il sait très bien qu'il ne peut pas s'échapper, ajouta Mikki en baissant les yeux.

— Peut-être que non, intervint Sam.

— Quoi ? ricana Mikki.

— Il a cassé une barrière un jour, là où il vivait.

Tandis que Sam lui racontait l'histoire de Popcorn et les semaines qu'il avait passées à être ignoré de ses propriétaires, l'attention de Mikki se focalisa. Mais dès que Sam eut terminé, d'un air frustré, aussitôt, elle lança :

— Alors, quand est-ce que je pourrai le monter ?

— Pas avant l'année prochaine, lui dit Jake.

— Quoi ? !

De nouveau, l'exclamation aiguë de Mikki effaroucha Popcorn, qui s'agita dans l'enclos. Tournant les yeux vers lui avec un air de regret, elle se mit à tirer sur ses mèches de cheveux blonds.

— Comment ça, je ne peux pas le monter ? Est-ce que tu as peur que je le rende plus fou qu'il n'est ?

— Non, il faut qu'on trouve quelqu'un en qui il aura confiance.

— Quelqu'un comme toi, lança Mikki à Sam. C'est toi qui sais lire dans son esprit.

— Je ne lis pas dans son esprit, je fais des suppositions, c'est tout.

— À ton avis, le fait qu'il refuse de me laisser le regarder dans les yeux signifie quoi, alors ? insista Mikki tout en inclinant la tête, un rictus aux lèvres.

— Je pense que...

Sam s'arrêta net. Elle avala sa salive et ne put s'empêcher de lancer un regard inquiet à Jake.

Tout cela était sa faute. Quand le Fantôme n'était encore qu'un poulain, Jake avait aidé Sam à réfléchir comme un cheval. Elle n'aurait jamais pensé devoir le faire à voix haute un jour.

— Je pense, reprit-elle, que son premier contact avec l'homme après sa capture s'est fait dans la méchanceté et la dureté. Ses propriétaires, au lieu d'essayer de le comprendre, lui ont fait peur, lui ont fait mal, et ensuite l'ont exclu. Du coup, il se demande si ça vaut la peine d'essayer une nouvelle fois.

L'espace d'un bref instant, l'expression de Mikki trahit de la compassion, puis elle remarqua que Jake attendait sa réponse.

— La raison pour laquelle il devrait essayer *une nouvelle fois*, dit-elle en détachant chaque mot, comme si Sam n'était pas assez intelligente pour comprendre, est que c'est un cheval. Et c'est ce que les chevaux font. Ils promènent des gens sur leur dos.

— Pas les chevaux sauvages, rectifia Sam.

— Il pourrait apprendre, répondit Mikki en montrant l'enclos de la main. Je te parie qu'il pourrait apprendre en une semaine. En fait, tu me charries pour que je me conduise en bonne petite fille, c'est tout. J'ai déjà donné, merci.

Le silence s'installa, seulement perturbé par le ronronnement éloigné d'un petit avion. Jake avait levé les yeux pour le regarder.

— Tu vois ce coucou ? demanda-t-il alors à Mikki en faisant un signe de tête vers le ciel, dans lequel l'avion laissait une traînée blanche derrière lui.

— Ouais. Pourquoi ? Tu veux me faire faire mon baptême de l'air ?

Jake réprima un sourire.

— Non, lui répondit-il. Est-ce que tu sais piloter ?

— Bien sûr que non. T'es pas bien, ou quoi ?

— Il y a bien quelqu'un dans cet avion...

— Ça s'appelle un pilote, l'interrompit Mikki d'une voix presque chantante. Pfff...

— Un pilote est un être humain, et toi, tu es aussi un être humain, reprit Jake en ouvrant les mains comme s'il donnait une explication extrêmement simple. Je disais donc, tu pourrais apprendre à piloter, n'est-ce pas ? Il y a des gens qui le font. Combien crois-tu que cela te prendrait de temps ? Une semaine ?

— Je n'ai que onze ans...

— D'accord, concéda Jake. Alors disons, deux semaines ?

— Je n'ai jamais fait ça. Il faut apprendre à gérer les courants causés par le vent, les volets d'atterrissage et...

Dans un souffle, Mikki s'arrêta net et ferma les yeux :

— J'ai compris, reprit-elle.

— Trois semaines ? plaisanta Jake.

— J'ai dit que j'avais compris. Alors, ça suffit, aboya Mikki, le visage empourpré.

Sam pensait que Jake avait commencé à dompter l'effronterie de Mikki, lorsqu'elle leva des yeux plissés vers lui :

— Dans combien de temps est-ce que je pourrai le monter ?

Levant les bras au ciel, Sam s'exclama :

— Jake, si jamais un jour je te critique encore pour ton manque de patience, surtout rappelle-moi cette séance.

— Combien de temps ? répéta Mikki.

— Quand il te fera confiance, répondit Jake.

— Et comment tu le sauras ?

— Quand il te mangera dans la main, commença Jake avant de reprendre en secouant la tête : Non, quand il viendra jusqu'à toi au lieu de s'enfuir, et que tu n'auras aucune nourriture dans la main pour lui.

Ce disant, il avait levé un doigt, puis il en leva un deuxième, en ajoutant :

— Et quand il te laissera lui caresser le chanfrein et l'encolure. Ce jour-là, on te laissera monter sur son dos, à cru, dans cet enclos.

La fourgonnette grise qui avait amené Mikki une heure plus tôt apparut sur le pont. Quand Mikki s'en rendit compte, ses épaules se voûtèrent. Elle se dirigea vers elle néanmoins avant même qu'elle ne soit garée dans la cour. Elle ne dit ni au revoir ni merci, mais une fois la main sur la poignée de la portière, elle se retourna soudain et lança à Jake :

— Marché conclu, cow-boy !

Chapitre 8

— Si ce n'était pas une telle peste, je l'aimerais bien, conclut Sam en regardant la fourgonnette grise s'éloigner.

— Ah, oui ? lui répondit Jake sur un ton qui laissait entendre que sa question n'en était pas une. Sam repensa à la façon dont les épaules de Mikki s'étaient voûtées en voyant son éducatrice arriver. Elle se demanda à quoi ressemblait l'endroit où on l'emmenait. Ce devait être un lieu à mi-chemin entre une école et un orphelinat, comme celui dans lequel Annie vivait*, un endroit où l'on ne

* *Little Orphan Annie*, classique de la culture enfantine américaine sur les aventures d'une petite orpheline qu'un richissime industriel prend chez lui, à l'origine

choisissait pas quand étudier, quoi manger ni où aller se promener.

Oui, toutes les activités y étaient certainement structurées et contrôlées. Sam aurait bien aimé se faufiler à l'intérieur du bâtiment, appareil photo en main, pour pouvoir ensuite montrer à tous sur épreuves, noir sur blanc, à quoi ces jeunes délinquantes ressemblent vraiment.

— Son vocabulaire est impressionnant pour une petite de cinquième, reprit Sam. Par moments, elle parle comme une adulte. Tu crois que c'est à cause de tout ce qu'elle a vécu ?

Jake se contenta de hausser les épaules.

— Eh bien, moi, je dis qu'elle est intelligente, insista Sam.

— C'est probable, finit par répondre Jake. Mais je vais conseiller à Wyatt de la surveiller de près. Elle est dangereuse.

— Parce qu'elle a une grande bouche ?

— Toi, tu en as une, et je ne te trouve pas

pour une semaine, et qui finit par y rester. Bande dessinée créée par Harold Gray en 1924 pour le *Chicago Tribune*, par la suite adaptée pour la scène et au cinéma, *Little Orphan Annie* eut les honneurs d'une comédie musicale à Broadway de 1977 à 1983. *Annie* devint aussi un film, réalisé par John Huston en 1982 (N.d.T.).

dangereuse. Tu es insolente, c'est tout, lui dit Jake.

Pour toute réponse, Sam lui tira la langue, avant de lui demander :

— Sérieusement, qu'est-ce qui te dérange tant chez elle ?

— Difficile à dire, répondit Jake en secouant la tête. C'est peut-être parce qu'elle essaie de nous faire croire que ce projet ne l'intéresse absolument pas, ajouta-t-il en désignant Popcorn de la main. Alors que c'est la meilleure chose qui ait pu lui arriver depuis très longtemps. J'ai un peu peur... je ne sais pas... qu'elle se sabote toute seule et que ça retombe sur l'un des chevaux.

Là-dessus, Jake alla chercher dans la grange l'Ensorceleuse, sa jument noire à la crinière coupée en brosse, tandis que Sam apportait à manger à Popcorn dans l'enclos circulaire.

Lorsque Jake revint, l'Ensorceleuse et Popcorn se flairèrent à travers les planches de la barrière, avant de pousser des hennissements, auxquels Soleil Noir répondit depuis son corral. En l'entendant, Sam repensa à quel point elle voulait rendre ce petit cheval heureux.

— Si Brynna dit oui, je ferai avec Soleil Noir tout ce que tu fais avec Popcorn.

— C'est stupide, lui rétorqua Jake.

— Pourquoi ? s'étonna Sam. Je ne commencerai pas dans l'enclos. En fait, je la laisserai où elle est, dans le corral. Je ferai juste attention de bien l'isoler de Caïd et de Douce. Qu'est-ce que tu en penses ? Si ça se trouve, de cette façon, elle s'habituera à moi comme si je faisais partie du même troupeau.

— Comme tu veux, tu te débrouilles toute seule. Cette jument a peur d'être dans le noir autant que d'être à la lumière. Tu ne peux pas t'attendre à ce qu'elle réagisse comme un cheval normal.

Jake ne pensait jamais qu'à une chose : la protéger, elle. Agacée, Sam changea de sujet :

— Est-ce que tu vas dire à Brynna ce que tu penses de Mikki ?

— Je ne sais pas. La première impression pourrait être trompeuse, même si mon instinct me dit que j'ai raison.

— Ils la retireraient certainement du programme, dit Sam, s'étonnant elle-même de s'entendre prendre le parti de la jeune délinquante.

— Qu'est-ce que tu en sais ? s'irrita Jake. Ils ne l'ont pas envoyée dans un autre État parce que c'était un ange, ajouta-t-il en tirant son chapeau plus bas sur son front pour dissimuler ses yeux. Enfin, peu importe, je veux que Wyatt la surveille.

— Depuis quand es-tu devenu aussi le spécialiste du nord du Nevada en matière de psychologie humaine ?

Sam en avait assez de la supériorité affichée par Jake. Pourquoi se croyait-il si intelligent ? Parce qu'il était plus âgé qu'elle ? Parce que c'était un garçon ?

Sam tourna les talons et s'éloigna vers le corral. Aussitôt, un hennissement strident déchira le calme de cette fin d'après-midi. Soleil Noir l'avait vue approcher.

— Ce n'est pas la peine d'être un expert pour diagnostiquer son état, reprit Jake d'une voix plus douce. Tu vois bien comme elle réagit, Sam.

Soleil Noir s'était mise à aller et venir d'un pas agité le long de la barrière, le regard rivé sur l'obscurité à l'intérieur de la grange.

— Elle est... commença Jake, ne pouvant mettre un mot sur ce qu'il voulait dire.

— Tourmentée, compléta Sam. Tour-mentée. Je vais m'asseoir dans le corral.

— Comme tu veux, lui répondit Jake en secouant la tête.

— Elle s'habituera à moi. Elle verra que je ne lui veux aucun mal.

De nouveau à court de mots, Jake se contenta de rassembler les rênes de l'Ensorceleuse, glissa sa botte dans l'étrier et se mit en selle. Impatiente de s'élancer au galop, sa jument se mit à danser sur place, mais Jake n'était pas tout à fait prêt à partir.

— Sam ? dit-il alors. Réfléchis : si personne ne réclame ce cheval et que son comportement ne s'améliore pas, le Bureau de gestion la fera abattre. Je ne veux pas...

Jake s'interrompit, et sa mâchoire se tendit comme chaque fois qu'il pensait trop parler. Toutefois, il ajouta :

— Je ne veux pas que tu t'attaches trop à elle, sinon tu auras encore une fois le cœur brisé.

Comme elle l'avait déjà fait, Sam alla s'asseoir dans l'obscurité de la grange pour étudier le mustang. Caïd et Douce se disputaient tant son attention que la tâche ne fut pas très aisée. Néanmoins, lorsqu'ils virent tous deux que ses mains étaient vides, ils renoncèrent, non sans lui lancer, dans le cas de Caïd, un regard oblique destiné à la culpabiliser.

Entre-temps, Soleil Noir n'avait pas bougé. Sous le toupet broussailleux qui recouvrait son large front, ses yeux marron brillaient toujours d'un éclat révélant qu'elle s'attendait au pire. Sa morphologie rappelait à Sam les Kiger, qu'elle voyait parfois dans les magazines. Ce groupe de mustangs descendant des chevaux ibériques des conquistadors vit en liberté dans des réserves de l'Oregon, le long d'une rivière du même nom.

Selon Brynna, la femme qui avait adopté Soleil Noir était du Wyoming, mais peut-être la marque sur l'encolure de la jument indiquait-elle qu'elle avait été capturée dans l'Oregon.

— Tu es loin de chez toi, n'est-ce pas, ma belle ?

La jument tressaillit comme si Sam lui avait jeté une poignée de gravillons, mais elle resta sans bouger. Une de ses oreilles frangées de noir pivota vers l'arrière, sur le qui-vive, tandis que l'autre se penchait vers Sam pour l'écouter.

Médusée, Sam continua de parler :

— Je connais un autre cheval qui aime bien m'écouter, comme toi. Il s'appelait Blackie. Il m'appartenait.

Sam prit une profonde inspiration et la jument leva la tête et regarda derrière elle.

— Tu l'as vu l'autre jour, reprit Sam. Remarque, peut-être pas, tu étais trop occupée à manger pour y faire attention. D'ailleurs, tu manges normalement maintenant, n'est-ce pas ? Tu bois normalement aussi. En fait, tu t'en sors bien, Soleil !

Les mustangs Kiger sont considérés comme des chevaux affectueux, mais comment Soleil Noir aurait-elle pu l'être ? Ses seules expériences avec l'être humain se limitaient à des boxes sans fenêtre et sans lumière, à des fouets et à des yeux bandés. D'une certaine façon, ces éléments liaient Soleil Noir à l'homme, tout autant que la tendresse de Sam pour le Fantôme, ainsi que le nom secret qu'elle avait choisi pour lui, liait l'étalon à Sam. Cette dernière était persuadée de pouvoir transformer la jument. Il était trop tard pour l'habituer à un nom secret. Mais peut-être réussiraient-elles à devenir amies. Sam était certaine qu'avec un peu de persévérance elle réussirait à découvrir le lien magique qui lui gagnerait la confiance de Soleil Noir, tout comme elle avait gagné le cœur du Fantôme juste après qu'il eut été pris au lasso et remis en captivité ; tout comme elle avait trouvé le bon endroit pour attendre et surprendre le Marteau*.

— Si seulement les chevaux pouvaient donner des références, dit Sam à Jen en entrant dans le hall bondé du lycée de Darton le lendemain matin.

— Des références ? s'étonna Jen en remontant ses lunettes sur son nez et en regardant son amie comme si elle avait perdu la tête. Tu veux dire celles qu'on donne quand on cherche un travail ?

— Oui, en quelque sorte, lui répondit Sam en s'arrêtant devant sa salle de cours d'histoire.

Celle de Jen se trouvant juste à côté, elles continuèrent de parler en attendant la sonnerie.

— Mais plus comme une recommandation personnelle, reprit Sam. Si je pouvais demander à Caïd ou au Fantôme d'écrire une lettre de références à mon sujet pour Soleil Noir, elle comprendrait que mon but n'est pas de lui faire du mal.

— À mon avis, tu as attrapé quelque chose

* Voir *Cheval fantôme – Un mustang dans la nuit* (N.d.T.).

de bien plus sérieux que mon rhume, Samantha Anne, lui dit Jen en appliquant le dos de sa main sur le front de Sam.

— Ce n'est pas grave, j'ai les médicaments qu'il faut.

C'était Mme Ely, qui venait d'apparaître sur le pas de porte de sa salle de cours.

— Une bonne dose d'histoire, par exemple ? lui demanda Jen.

Mme Ely éclata de rire et Sam envia son amie, qui parvenait sans aucune difficulté à trouver le juste milieu lorsqu'elle s'adressait à Mme Ely, professeur au lycée et mère de Jake. Mme Ely les connaissait toutes les deux depuis toujours. Sam l'avait comme professeur d'histoire, mais Mme Ely était aussi une photographe chevronnée qui avait toujours encouragé Sam dans cette même voie.

— Ce sera presque aussi efficace, répondit Mme Ely. Non, mon remède, c'est un concours de photographie.

La sonnerie retentit et Mme Ely se tourna vers Jen :

— Allez, Jen, dépêche-toi, lui fit-elle d'un geste de la main. Quant à toi, Sam, viens me voir après le cours.

Sam entra dans la salle, mais Rachel Slocum bloquait le passage. Trésorière de l'association des élèves de Darton High, Rachel régnait et elle était incontournable. Grâce à son père, Linc Slocum, elle était tout bonnement la fille la plus riche du lycée.

La plus riche, et la plus chic. Pour l'heure, tout en lissant et en repoussant une mèche de cheveux couleur café qui lui était tombée sur les yeux, elle négociait dur, à coups appuyés de battements de paupière, avec un garçon à lunettes qui avait fait ses devoirs, contrairement à elle.

— Ce serait tellement sympa de ta part si tu pouvais me les passer, susurra-t-elle alors aux oreilles du garçon dont la respiration s'accélérait dangereusement.

L'un des avantages de s'habiller cher, c'est que le vêtement semble vous entourer d'un voile vaporeux. Du moins, tel était l'effet produit sur Rachel. Elle était vêtue d'une sorte d'ensemble beige qui aurait ressemblé à un sac de pommes de terre, porté par Sam, mais qui, porté par elle, donnait l'impression qu'elle sortait tout droit d'un magazine de mode.

Sam força le passage et alla s'asseoir à sa table. Lorsqu'elle se retourna, Rachel repartait à sa place les mains vides. Le garçon aux lunettes n'avait pas cédé et Sam s'en frotta les mains. Elle n'aurait pas dû : Rachel la vit jubiler et Sam comprit qu'elle s'en mordrait les doigts plus tard. La dernière fois où Rachel s'était vengée d'elle, elle avait purement et simplement brisé l'appareil photo que le professeur de journalisme avait prêté à Sam pour un exercice. À quelle sauce la mangerait-elle pour cette nouvelle occasion ?

Sam sortit une feuille de papier à lignes de son classeur et se prépara à prendre des notes. Toutefois, avant que Mme Ely ne commence son cours, Sam se fit un pense-bête. « Protège tes arrières », écrivit-elle. Étant donné les événements récents, elle se jura de suivre son propre conseil.

Une fois le cours terminé, Sam rejoignit Mme Ely. Celle-ci donna un exercice de rattrapage à l'un des élèves, rappela à l'ordre un autre qui n'avait pas cessé de bavarder et, entre-temps, glissa à Sam un dépliant.

La première chose que Sam remarqua fut que le concours n'était pas limité aux moins de dix-huit ans. Il s'adressait aux professionnels comme aux amateurs. Le doute qui s'inscrivit sur son visage n'échappa point à Mme Ely, qui, une fois les autres partis, s'empressa de dire à Sam :

— Samantha, le montant que tu as gagné avec ta récompense est celui que certains photographes gagnent en une année.

— Sans doute, mais vous devez bien admettre que les circonstances étaient un peu particulières, lui répondit Sam, embarrassée de contredire la mère de Jake.

— C'est vrai, mais il n'en reste pas moins que les photos que tu as prises à ce moment-là étaient de bonne qualité. Et puis, regarde l'intitulé du concours : *La Magie de la nuit*. Il est fait pour toi !

Apparemment, les candidats pouvaient proposer le thème de leur choix, à partir du moment où les photos étaient prises dans le noir. Sam avait effectivement confié un jour à Mme Ely que son rêve était de photographier la nuit des chevaux sauvages lancés au galop.

— Ça ne pouvait pas mieux tomber, vous avez raison, concéda-t-elle. Mais avec... tout ce qu'il se passe en ce moment...

Sam s'interrompit et jeta un coup d'œil par-dessus son épaule. Rachel rangeait ses affaires au ralenti, ne perdant pas un mot de sa conversation avec Mme Ely. Cette dernière fit à Sam un signe de tête lui indiquant qu'elle n'était pas dupe. Après tout, Grand-Mère Grace avait appelé le ranch des Trois Poneys le soir où tout le monde la cherchait.

— Ils ont fixé la date butoir juste avant

Noël, reprit Mme Ely comme si de rien n'était. Tu as tout le temps pour t'y mettre.

La sonnerie retentit dans le couloir et Sam sursauta comme un cheval quittant ses starting-blocks.

— Il ne faut pas que je sois en retard ! s'exclama-t-elle. Si j'obtiens autre chose que des A en civisme, je serai punie et je ne pourrai pas faire de cheval.

— Quel drame ! susurra Rachel.

Sam passa devant elle sans la regarder, mais sans pouvoir non plus se départir de l'idée qu'elle venait de donner à son ennemie une arme de plus pour l'abattre.

Ce jour-là, Wyatt Forster prit sa fille au lycée. Apparemment, il était allé en ville pour affaires. Lorsqu'ils arrivèrent au ranch, Mikki les y avait précédés.

Grand-Mère Grace leur expliqua que leur nouvelle élève non seulement avait décidé de se plier aux règles du PPCC — ce qui signifiait, entre autres, qu'elle devait tenir un journal de son temps passé avec les mustangs —, mais aussi s'était arrangée pour rester plus longtemps au ranch du Méandre, et ce tous les jours.

— Vous auriez dû la voir. Elle a englouti tous les petits gâteaux aux pépites de chocolat que je lui ai donnés et, dès que Jake a montré le bout de son nez, elle l'a suivi dans l'enclos, leur raconta Grand-Mère Grace. Il lui tardait de voir Popcorn.

Tout en écoutant sa grand-mère parler, Sam avait posé son sac à dos par terre, avant de s'attabler dans la cuisine et de dévorer elle-même sa ration de petits gâteaux, accompagnés d'un verre de lait froid.

— C'est super, lança-t-elle, sans toutefois penser vraiment ce qu'elle disait.

L'ambivalence de ses sentiments envers Mikki la surprit. Pas plus tard que la veille, c'est elle qui avait défendu l'adolescente auprès de Jake, et voilà que, maintenant, elle pensait qu'il y avait anguille sous roche.

Une chose la rassura. Manifestement, Popcorn avait le même sentiment qu'elle.

Après avoir abandonné sa tenue d'école au profit de vêtements plus appropriés pour faire du cheval, Sam était venue jeter un coup d'œil entre les planches de la barrière de l'enclos circulaire. La veille, bien qu'il ne se soit pas approché de Mikki, Popcorn était resté de profil. Ce jour-là, il lui tournait le dos. « Il est difficile de duper un cheval », se dit Sam. Il allait falloir que Mikki s'y fasse.

Sam avait envie de monter Caïd. Lui, comme elle, avait besoin d'exercice. Mais comment le faire sortir du corral sans donner à Soleil Noir la possibilité de s'échapper ? Sam se résolut à demander l'aide de son père.

Elle ressortit donc de la grange où elle était entrée. Flamme vint à sa rencontre en remuant la queue, mais tout en gardant ses distances avec Soleil Noir.

— Qu'est-ce que Mikki peut bien manigancer, hein, Flamme ? dit Sam au colley en lui frottant les oreilles, déclenchant chez lui des grognements de plaisir.

Mikki avait-elle décidé de faire du dressage de Popcorn l'occasion d'un concours avec Jake ? Avait-elle interprété ses règles comme étant un défi ? À moins qu'elle n'essaie de se prouver quelque chose à elle-même. Ou encore peut-être pensait-elle que plus vite elle monterait Popcorn, plus vite elle pourrait s'occuper de Soleil Noir.

— On va voir ce qu'on va voir, marmonna Sam à l'intention de Flamme, qui marchait à ses côtés. On ne va pas se laisser faire.

Béat d'admiration, buvant chacun de ses mots, Flamme leva la tête vers elle et remua la queue.

Chapitre 9

Lorsqu'elle habitait à San Francisco avec sa tante, Sam avait fait du cheval deux fois, mais n'avait pas souhaité y retourner. Tante Sue, qui avait toujours peur d'une chose ou d'une autre lorsqu'il s'agissait de Sam, avait craint que ce ne soit à cause de son accident. Au lieu de se laisser gagner par l'anxiété, Tante Sue avait tâché de comprendre :

— Dis-moi ce qui te déplaît, avait-elle demandé à Sam, après ce fameux second, et dernier, cours d'équitation.

Sam s'était efforcée de lui expliquer. Certes, elle redoutait toujours un peu de tomber, mais c'était une appréhension qu'elle parvenait à maîtriser. Non, ce qui la poussait à arrêter était d'un autre ressort, plus difficile à traduire.

En fait, à la fin de ces deux cours son cœur s'était serré. La raison en était qu'elle détestait se séparer d'un cheval. Elle ne savait comment exprimer ce sentiment.

— C'est le désir de posséder ? avait plaisanté sa tante. De la déception ?

Toutes deux avaient tenté de mettre sur cette émotion un terme qui conviendrait, sans succès.

Maintenant que Sam était revenue au ranch, ce sentiment ne la tracassait plus.

En cette fin d'après-midi, elle était sur Caïd, qui traversait la prairie, lancé dans un galop rassemblé et régulier. Avec l'assurance caractéristique des mustangs, il se faufilait entre les touffes d'armoise ; le martèlement de ses sabots était accompagné du chant des oiseaux, et Sam se sentait pleine du bonheur auquel elle avait tant aspiré durant ces deux si longues années passées à San Francisco.

À sa droite, s'étendaient la plaine des Tambours de guerre et le Canyon perdu. À sa gauche, cinq kilomètres après les buissons de mûres qui longeaient la rivière, c'était le ranch des Trois Poneys, la maison de Jake. Et droit devant elle, mais à des heures de là, les monts Calico élevaient leurs pics violets se détachant sur le ciel bleu du Nevada.

Sam savait exactement où elle se trouvait, et c'était exactement là qu'elle voulait être. Elle ferait tout pour sauver le Méandre d'une faillite possible. Si cela signifiait faire du bon travail avec Mikki pour que le ranch soit définitivement accepté par les organisateurs du PPCC, elle coopérerait.

Sam venait de ramener Caïd au pas afin d'observer une compagnie de perdrix se mettant à l'abri, lorsqu'elle crut entendre son nom. Elle se tourna sur sa selle et, scrutant la prairie, aperçut son père, monté sur Banjo, et avançant au pas vers elle. Aussitôt, Sam fut submergée par une vague d'inquiétude, mais elle avisa alors Mikki à ses côtés, sur Douce, la jument pie de Grand-Mère Grace.

Les deux mains serrées sur le pommeau de la selle, Mikki était si penchée que son front frôlait presque la crinière de Douce. Elle aimait certainement les chevaux — le sourire sur ses lèvres en disait long —, mais, manifestement, c'était sa première expérience en selle. Pourquoi Mikki n'était-elle pas avec Popcorn dans l'enclos ? Pourquoi est-ce que son père, se demanda Sam, ne menait pas Douce à la longe ? Ne risquait-il pas de s'attirer des ennuis avec la justice en laissant ainsi Mikki se promener librement hors des limites du ranch ?

Wyatt Forster connaissait les chevaux mieux que personne. Sam décida donc de ne pas lui poser de questions. Elle fut néanmoins soulagée lorsqu'il lui donna spontanément une explication.

— Ils ont appelé Jake pour participer à la traque des voleurs.

— Ouah ! s'exclama Sam.

Elle savait que le Bureau de gestion des terres disposait de ses propres traqueurs. Même si Brynna avait suggéré le nom de Jake, il n'en restait pas moins que ses experts fédéraux l'avaient accepté.

— Oui, c'est un honneur qu'ils lui font, reprit son père. Mais, du coup, Mikki s'est retrouvée toute seule. J'aurais pu m'asseoir avec elle dans l'enclos, mais ce n'aurait pas été juste d'imposer encore quelqu'un de nouveau à Popcorn. Alors j'ai décidé de lui faire découvrir les chevaux d'une autre façon.

Mikki leva les yeux, avec une expression indiquant clairement qu'elle aurait bien aimé faire l'impertinente comme d'habitude, mais sa joie réelle d'être sur un cheval l'empêcha d'être insolente. Sa joie, et son manque d'équilibre. Elle se tenait sur Douce comme si cette dernière était en porcelaine. Mikki devait craindre que la jument n'interprète le moindre de ses mouvements comme un ordre à partir au galop.

Sam continua donc sa promenade avec son père et l'adolescente. Tous trois avançaient de front, lorsque Wyatt Forster accéléra le pas pour aller vérifier une éolienne de pompage d'eau. Du moins, c'est ce qu'il leur dit, mais Sam comprit que son père souhaitait laisser Mikki faire du cheval seule avec quelqu'un de son âge.

— C'est un grand événement pour Jake, sinon il n'aurait jamais annulé avec toi, hasarda Sam.

— Je m'en fous, lui rétorqua Mikki.

Sam serra les dents. Cette fille allait-elle se comporter longtemps de cette façon ?

— Tu te fous de quoi, comme tu dis : du fait qu'il t'ait laissée toute seule ou que ce soit un grand jour pour lui ? persévéra Sam.

— Des deux, répondit Mikki, les yeux rivés sur les rênes qu'elle avait enroulées autour du pommeau de sa selle. Je m'en fous.

— Jake est un excellent traqueur. Son grand-père...

— C'est ce qu'il croit, l'interrompit Mikki.

— Non, il est vraiment doué, insista Sam. Et il ne le fait pas que pour l'argent. Une fois, un homme du coin a voulu le payer pour qu'il retrouve un cheval qu'il maltraitait. Il lui a offert une grosse somme, mais Jake a refusé.

— Il y a tellement de trous dans ton histoire que je suis sûre que tu l'inventes. Un homme du coin ; un cheval ; une grosse somme. C'est comme les pubs à la télé : « De nombreux médecins recommandent... » C'est ça, ouais. Et qui se cache derrière tous ces « un », « une », « de » ?

Sam hésita entre la colère et le rire.

— Il s'avère que je n'invente rien, se décida-t-elle enfin à dire. Mais je ne te donnerai pas le nom de cet homme du coin, et pourtant, il le mériterait bien. En revanche, je peux te dire que le « un cheval » s'appelle le Fantôme.

— C'est ça ! s'exclama Mikki en se campant tellement en arrière que Douce pensa qu'elle lui demandait de s'arrêter et s'immobilisa. Brynna Olson aussi m'a fait cette craque. Pfff... je ne suis peut-être pas d'ici, mais je crois pas aux histoires de fantômes.

— Ce n'est pas un fantôme, lui répondit

Sam en donnant discrètement des jambes pour que Caïd accélère.

Voyant le hongre s'éloigner, Douce lui emboîta le pas. Sam glissa un regard furtif vers Mikki. Ses cheveux blonds se soulevant dans toutes les directions, celle-ci ballottait comme une poupée désarticulée sur la jument pie. Toutefois, son expression n'échappa nullement à Sam : le petit visage pointu de Mikki respirait la curiosité. Malgré sa difficulté de se tenir en selle, il était évident que Mikki voulait en savoir plus sur le Fantôme.

« Eh bien, ma jolie, il va falloir que tu patientes ! » se dit Sam, en reprenant tout haut, comme si de rien n'était :

— S'ils traquent ces voleurs, c'est parce qu'ils sont vraiment diaboliques. Ils ont fait beaucoup de mal à Soleil Noir et ils ont attrapé des mustangs qui vivaient en liberté pour les vendre à des fabricants de pâtée de chien. Ils ont dû les cacher quelque part pour les engraisser de sorte qu'ils leur rapportent plus d'argent au moment de la vente. Mais ils vont bientôt les abattre, c'est sûr. Le piège qu'ils ont installé là-haut, dit Sam en pointant le doigt dans la direction du Canyon perdu, y est depuis longtemps. Ces mustangs qu'ils ont capturés ne sont pas les premiers qu'ils massacrent pour de l'argent.

Mikki tenta de se redresser dans sa selle et lâcha le pommeau d'une main, mais elle n'avait pas encore appris à épouser les mouvements de sa monture, et elle manqua de peu d'aller mordre la poussière. Refermant aussitôt son deuxième poing sur le pommeau, elle trouva alors le temps de parler :

— Parce que tu ne crois pas que Jake fasse ça uniquement pour sa réputation ?

Cette fille n'en démordrait-elle donc jamais ? Sam ne voulait pas nécessairement défendre Jake, elle préférait que Mikki en découse avec lui directement, mais sa patience avait des limites :

— Écoute-moi bien, lui dit-elle. Jake a beaucoup de défauts. Le premier, en ce qui me concerne, c'est qu'il ne peut pas s'empêcher de me surveiller comme s'il était mon grand frère. Mais il est timide, il ne court pas après la célébrité. Ce qu'il veut, c'est que ces crapules soient arrêtées. C'est tout.

À ces mots, les joues de Mikki s'empourprèrent et ses mains s'agitèrent sur les rênes, à tel point qu'elle embrouilla Douce. La pauvre jument en perdit tant son allure et sa cadence que, pour son bien, Sam intervint en essayant de calmer Mikki :

— Réfléchis un peu, tu veux apprendre à Popcorn à te faire confiance. Peut-être devrais-tu d'abord apprendre toi-même à faire confiance aux autres et admettre que Jake n'est pas si mauvais que ça.

— Tous les hommes sont des ordures, tous ! hurla Mikki, dont le cri poussa le père de Sam à se retourner.

— Non, pas tous, se contenta de dire Sam, pas mécontente de voir apparaître l'entrée du ranch du Méandre au loin.

— Eh bien, ma mère en a épousé trois, et c'étaient tous des ordures. Quand Brynna Olson m'a dit que le PPCC n'avait que des hommes comme instructeurs, j'ai failli refuser. Quand j'ai vu ton père, je me suis dit qu'il n'avait pas l'air si mal que ça. Ensuite, je t'ai vue, toi. T'as pas eu peur de moi...

Mikki s'interrompit un instant.

— Alors, tu es satisfaite ? reprit-elle. Ça te suffit comme marque de confiance ?

La gorge de Sam se serra. Cette conversation avait pris un tour qu'elle ne se sentait pas capable de maîtriser. Mikki avait besoin d'un professionnel à qui parler, d'un conseiller. Ou au moins de Brynna. Néanmoins, Sam lui devait une réponse. Elle agit donc comme elle l'aurait fait avec un cheval et décida de récompenser le progrès constaté.

— C'est vrai, c'est une marque de confiance, lui dit-elle en souriant. En parlant de confiance, j'ai l'impression que Douce s'habitue à toi. Pourquoi n'essaies-tu pas de passer en premier ? lui suggéra-t-elle en lui indiquant d'un signe de tête le pont du Méandre. Il arrive souvent que le bruit de leurs propres sabots sur le bois fasse peur aux chevaux, mais à mon avis, avec toi, Douce devrait passer.

Malgré son appréhension, Mikki s'exécuta. Sam se garda bien de lui dire que Douce, elle, n'était pas du tout effrayée. Elle avait traversé ce pont des centaines de fois !

Lorsque le père de Sam arriva dans la cour derrière elles, il proposa à Mikki de l'aider à mettre pied à terre, mais celle-ci descendit seule, avant de se diriger vers l'enclos circulaire avec des jambes tremblantes.

— Est-ce que je peux ouvrir le portail pour voir comment va Popcorn ?

Sam se tourna vers son père pour avoir son avis. D'un simple hochement de tête, il donna son assentiment.

— Oui, vas-y ! lança alors Sam à Mikki. Mais observe bien sa réaction dès qu'il t'aura vue.

Le père de Sam était toujours en selle, et y resta, feignant d'ajuster la têtière de Banjo. Sam ne fut pas dupe. Si Popcorn s'avisait de prendre la fuite, lui et Banjo lui couperaient la route.

Mikki entra, referma derrière elle, puis reparut quelques instants plus tard. Sans un mot, elle referma le verrou du portail, l'air très fier d'y arriver seule.

— Il a levé la tête et a pointé les oreilles en avant quand il m'a vue, rapporta-t-elle alors. Il a fait deux pas, puis il s'est arrêté. Est-ce que c'est bon signe ?

— En quelques jours seulement ? Mais bien sûr, c'est un excellent signe même ! s'exclama Sam.

Toutefois, le temps ne lui fut pas donné de féliciter Mikki davantage. Un roulement de pneus sur le sol sec et sablonneux se fit entendre, puis la fourgonnette grise apparut sur le pont. Sans leur dire au revoir, Mikki se dirigea vers elle en traînant les pieds. Sam se rappela alors ce sentiment qu'elle avait eu après ses deux cours d'équitation et qu'elle et sa tante n'avaient pas réussi à nommer. Peut-être était-ce comme lorsqu'on capitule.

Si Wyatt Forster n'avait pas été obligé de partir à Alkali chercher deux bidons de deux litres de lait, il aurait certainement appelé le Bureau de gestion pour qu'ils emportent Soleil Noir.

Restée seule pour nourrir les chevaux, Sam garda Caïd, Douce et l'isabelle pour la fin. Tous trois étaient occupés à ruminer le foin qu'elle leur avait donné lorsqu'elle ne put résister à la tentation.

La jument mangeait, tournée vers l'obscurité de la grange. Le seul signe indiquant qu'elle était consciente de la présence de Sam était le tressautement occasionnel de sa peau, qui lui parcourait le corps comme si elle avait essayé de chasser les mouches.

À la voir aussi calme, Sam pensa qu'elle, Jake et Brynna s'étaient trompés à son sujet. Peut-être la première famille à accueillir Soleil Noir l'avait-elle bien traitée. Peut-être suffirait-il de lui remettre en mémoire que la main de l'homme pouvait réconforter aussi bien que punir. Ces considérations amenèrent Sam à penser qu'elle pouvait tenter sa chance.

Prudemment, Sam plaça un pied sur la planche la plus basse de la barrière. Tout doucement, elle se hissa, posa l'autre pied à côté du premier, puis escalada encore de la même façon. Le buste désormais au-dessus de la barrière, elle se pencha en avant et tendit lentement le bras vers la robe dorée de Soleil Noir.

Aussitôt, la jument fonça. Les oreilles couchées, les yeux plissés, la bouche ouverte, ruant des quatre fers, elle se jeta sur la barrière comme si elle n'existait pas. Le choc envoya des vibrations dans le bois qui projetèrent Sam à terre, où elle atterrit sur le dos. Avant qu'elle ait le temps de se relever, avant que le nuage de poussière et de paille retombe, la jument heurtait de nouveau les planches.

« Pourvu qu'elle ne s'échappe pas », implora Sam.

La barrière résista, mais Sam s'en voulut de sa sottise : elle était allée trop vite. Elle ne gagnerait la confiance de la jument que millimètre par millimètre. Soleil Noir avait besoin de bien plus qu'un simple rappel du fait que certains êtres humains n'étaient pas des monstres. Tout son corps tremblait comme si elle s'apprêtait à démolir la barrière à coups de poitrail. Quant à son silence, il était plus effrayant encore que les cris perçants qu'elle poussait d'habitude.

Ce n'était pas un avertissement. L'attaque de Soleil Noir n'était pas une menace. Ses yeux luisaient d'épouvante. Sam savait pourtant qu'elle devait faire attention. Bien que l'isabelle ne réagisse pas par haine, ses sabots pourraient tuer, même si elle les utilisait pour se protéger.

Sam décida donc de s'éloigner. Dès qu'elle eut le dos tourné au corral, la jument s'apaisa. Oubliant la terre qu'elle avait sur les mains, Sam se frotta les yeux pour nettoyer la poussière qui pesait sur ses cils, et elle aggrava la situation. C'est donc avec des yeux brouillés qu'elle regarda par-dessus son épaule à la dérobée.

Soleil Noir se tenait immobile, tête pendante. Elle soufflait de brèves bouffées d'air dans son foin, sans manger.

« Ma pauvre ! se dit Sam. On va te trouver une solution. »

Le lendemain, le jeudi, Sam avait promis à Jen de l'emmener voir le piège dans le Canyon perdu. Sam frissonna. Elle n'avait plus envie d'y aller, mais, d'un autre côté, peut-être Jen y trouverait-elle un indice de ce que ces hommes avaient fait à Soleil Noir pour qu'elle soit si perturbée.

Cette nuit-là, Sam fut très agitée. Elle tourna et vira dans son lit, se prenant les jambes dans ses draps, tirant la courtepointe à elle avant de la repousser sur ses pieds. À onze heures du soir, son cerveau n'avait toujours pas réussi à se calmer. Depuis qu'elle avait vu les yeux de la jument, ils n'avaient cessé de la tourmenter. Peur et bravoure formaient un cocktail dangereux.

Soudain, Sam s'assit droit dans son lit.

Elle avait trouvé la solution. C'était le Fantôme qui venait de lui donner la réponse. Quand aider un mustang qui ne se sentait en sécurité que dans le noir ? La nuit, bien évidemment !

Le Fantôme avait enduré des heures de supplice en présence d'êtres humains et, pourtant, il venait la voir, elle, mais uniquement lorsqu'il faisait noir. La nuit où il l'avait emportée jusque dans la vallée secrète qu'il avait choisie comme refuge pour son troupeau, Sam s'était retrouvée en compagnie de dizaines de chevaux sauvages. Bien qu'ils l'aient vue comme en plein jour grâce à la clarté de la lune cette nuit-là, aucun ne semblait avoir eu peur.

Il était donc possible que cela marche avec Soleil Noir. Il fallait que ce le soit !

D'un bond, Sam se leva. Sa chemise de nuit flottant sur ses chevilles, elle sortit dans le couloir et se dirigea en silence vers la chambre de son père. Une planche du parquet grinça sous ses orteils.

— Qu'est-ce qu'il se passe ? s'écria Wyatt Forster.

Les ressorts de son lit geignirent et ses pieds heurtèrent sa descente de lit d'un bruit mat. Avant que Sam n'atteigne sa porte, il l'avait ouverte et sa silhouette apparut dans le couloir.

— Je suis désolée. Je ne voulais pas te faire peur. Tout va bien, lui dit Sam qui, elle, s'était effrayée, et dont le pouls palpitait.

— Ce n'est pas grave, tu m'as surpris, c'est tout, la rassura son père. Allons dans ta chambre, je ne veux pas réveiller ta grand-mère.

Sam remonta dans son lit tandis que son père allumait.

— Je ne voulais pas aller à la rivière, se disculpa-t-elle aussitôt.

Elle disait la vérité, même si, à plusieurs reprises, elle s'était attiré des ennuis pour l'avoir fait.

Son père se tourna vers elle et hocha la tête. Soit il la croyait, soit le désordre qui s'étalait sous ses yeux l'avait pris au dépourvu. Il hésita un instant près de la chaise, sur laquelle étaient empilés des bottes et des jeans, puis décida de s'asseoir sur le bord du lit. L'espace d'une minute, il promena son regard dans la chambre de sa fille comme s'il la voyait pour la première fois.

Ses doigts frôlant la courtepointe blanche décorée d'une étoile en patchwork, il observa l'étagère couverte de statues de chevaux, en bois, en verre, en plastique. Ses yeux détaillèrent chacun de leurs membres en mouvement, chacune de leurs queues en panache. Puis il les dirigea vers le papier peint à licornes dans le dressing, avant de les ramener vers le tas de livres d'école et de magazines en équilibre précaire sur la table de nuit.

— Je ne te reproche pas de vouloir y aller, dit-il alors à Sam en faisant un geste de la main dans la direction de la rivière. Si je devais faire des reproches à qui que ce soit, fit-il avec un petit rire, ce serait à Louise.

Sam retint son souffle. Louise était le prénom de sa mère et son père ne la mentionnait que très rarement. Enfant, Sam lui avait souvent posé des questions sur elle. Mais elle avait vite compris que ces questions lui faisaient mal et elle avait cessé de les lui poser. Et voilà qu'il la mentionnait de but en blanc, qui plus est en riant à l'évocation d'un bon souvenir ou d'un autre.

— Tu sais que c'est elle qui a choisi le nom de cette rivière, n'est-ce pas ?

— Non ! s'exclama Sam en secouant la tête.

La rivière s'était toujours appelée la Charla. Sam savait que ce mot signifiait « la tchatche » en espagnol, et elle avait toujours présumé qu'un explorateur solitaire avait associé le babillage des flots tumultueux à sa propre langue maternelle.

— Eh bien, c'est elle, reprit son père en hochant la tête. Avant notre mariage, on ne disait que « la rivière du Méandre ». Mais ta mère avait toujours été attirée par elle comme par une amie. Alors qu'elle était enceinte de toi, elle avait du mal à dormir, ajouta Wyatt Forster en adressant à Sam un sourire inattendu. Elle jurait que tu faisais des sauts périlleux dans son ventre. Ces nuits-là, elle se levait et descendait jusqu'à la rivière. Je ne sais pas combien de fois je l'ai retrouvée là-bas, assise sur un rocher, à regarder la lune danser sur les crêtes des vaguelettes.

Les bras de Sam se refermèrent autour de ses côtes. Ainsi, c'était de sa mère qu'elle tenait cette habitude d'aller à la rivière ?

— Louise disait que le bruit de l'eau t'apaisait et qu'après un moment passé à l'écouter tu la laissais dormir. Ensuite, quand tu es née, enchaîna le père de Sam, secouant lui-même la tête d'étonnement à ce flot de souvenirs et de paroles qui montait en lui, tu as eu beaucoup de coliques. On se relayait, elle et moi, pour te bercer. Le meilleur endroit, c'était près de l'eau. À demi endormis, elle ou moi, on y descendait au clair de lune, en te tenant dans nos bras. Tu t'endormais chaque fois. Et nous, cela nous permettait de récupérer un peu avant le biberon suivant.

— Je ne savais rien de tout cela, fit remarquer Sam à son père.

— Il y a des années que je n'y avais pas pensé, lui répondit-il, d'une voix changée maintenant que le présent reprenait sa place. Mais ce n'est pas parce que je ne te les reproche pas que je considère tes petites sorties nocturnes sans danger. Surtout en ce moment.

— D'accord, accepta Sam, à peine consciente de l'avertissement.

Son esprit était toujours occupé par les images nouvelles qu'on venait de brosser de sa mère.

Son père s'éclaircit la voix tout en prenant dans ses mains Clochette, le cheval en peluche noir qui passait ses journées sur l'oreiller de Sam.

— Bon, qu'est-ce qui te fait tourner et virer depuis que tu t'es couchée ? demanda-t-il à

Sam, en touchant du bout de l'index les clochettes dorées cousues sur la selle du petit cheval. À moins qu'il n'y ait des fourmis dans ton lit, je suppose que quelque chose te travaille ? ajouta-t-il en levant enfin les yeux vers elle dans l'attente d'une réponse.

— J'ai trouvé la solution pour travailler avec Soleil Noir. Tu as bien vu comme elle fixe toujours l'intérieur de la grange. C'est normal, puisque les personnes qui l'ont adoptée la gardaient enfermée dans un box sans lumière.

— Qui t'a donné cette information ?

— Brynna, répondit Sam.

Ne voulant pas laisser à son père le temps de lui faire remarquer que Soleil Noir n'était pas censée rester, Sam s'empressa d'ajouter :

— Je sais comment faire pour l'apprivoiser.

— Et comment ?

— Je pourrais passer la soirée de vendredi avec elle, dans l'enclos circulaire. Puisque la barrière est réparée, on pourrait mettre Caïd et Douce dans le pré attenant à la grange, et Popcorn à leur place, dans le corral.

Son père ne lui dit pas qu'elle était folle, ni que la jument devait partir. Il l'écouta, en agitant Clochette. Sam en profita :

— Ce que je ferai, c'est que je m'assiérai avec elle, et ensuite, je me comporterai comme si j'étais un membre de son troupeau, comme Jake m'avait appris à le faire avec Blackie juste après son sevrage. Tu te souviens ?

Il était difficile d'imaginer que ce petit poulain apeuré était devenu le Fantôme, mais Sam savait que ses soins patients et son attention avaient permis de nouer le lien qui les unissait à présent.

— La plupart du temps, ces souvenirs de l'époque où toi et ce cheval étiez petits me semblent très loin, soupira le père de Sam. Mais je te revois encore, avec tes nattes, à courir après Blackie quand il s'éloignait de toi, puis à le laisser te suivre quand lui avait besoin d'un guide.

— Ça a bien marché, n'est-ce pas ? murmura Sam, tout en se demandant si elle devait remercier sa mère pour la patience inhabituelle de son père ce soir-là.

— Oui, mais Blackie est né parmi les êtres humains, pas à l'état sauvage. Il n'a pas été maltraité non plus. Il y a une autre chose que tu ne dois pas oublier : Blackie t'appartenait.

— Oui... fit Sam en laissant traîner sa voix.

— Je suppose que Brynna t'a parlé de l'accord de placement ?

Sam se mordit la lèvre. Non, Brynna ne

l'avait pas fait. Son père parlait-il de Mikki ou de Soleil Noir ?

— Non ? Après tout, ce n'est pas si grave si je te mets au courant. Elle a lancé la demande de placement de la jument chez nous. En général, ça se fait plutôt avec des poulains, mais il existe des possibilités aussi pour les chevaux adultes. Le Bureau de gestion nous paiera pour son dressage.

Sam ne demanda aucun détail ; elle ne sauta pas sur son lit et ne poussa pas de cri de joie.

— Oh, ouah ! se contenta-t-elle de dire.

Toutefois, son père la mit tout de suite en garde :

— Il est encore possible que son propriétaire la réclame, lui dit-il, et un titre de vente annulerait l'accord entre le Bureau de gestion et nous.

— Personne ne la réclamera, insista Sam. Tu le sais bien, Papa. Une personne qui traite un animal de cette façon ne se fatiguerait pas à le récupérer.

Wyatt Forster tapota un instant le dos de sa fille, comme s'il prenait le temps de trouver les mots justes :

— Parfois, les gens veulent avoir pour le simple plaisir de posséder. Ce n'est ni juste ni honorable, mais c'est tout ce qu'ils savent faire. Regarde Mikki, ajouta-t-il en secouant la tête. La pauvre, elle en a vu, elle aussi.

Aux yeux de Sam, c'était la jument qui inspirait le plus de compassion, mais elle se garda bien de donner son avis, d'autant que plus le temps passait, mieux elle voyait combien Mikki et la jument refusaient de révéler leur peur.

— Je suppose que Mikki n'est pas plus à blâmer pour son comportement que Soleil Noir, admit-elle alors.

Son père reposa Clochette sur l'oreiller et, tout en se levant, tapota le dos de Sam une nouvelle fois.

— Allez, endors-toi maintenant, lui dit-il. Tu vas avoir besoin de forces si tu veux passer une folle nuit blanche avec un cheval sauvage.

établissement pénitentiaire. Quel que soit son usage d'origine, quelqu'un l'avait placé le long de la paroi rocheuse, qui obstruait donc les fenêtres sur un côté. De l'autre, là où Sam et Jen se tenaient, sa tôle était froissée et rouillée.

Les deux amies pensaient qu'il était abandonné depuis longtemps, lorsqu'elles remarquèrent des vêtements suspendus devant les fenêtres. Sam avait aussi attiré l'attention de Jen sur le fait que le sol était foulé jusque devant la porte, dont l'accordéon était à demi ouvert.

— D'accord, on n'est pas obligées d'y aller, lança Sam.

— Bien sûr que si, lui rétorqua Jen. Il y a de fortes chances que les voleurs se soient réfugiés ici entre deux captures. On risque de trouver des indices qui ont échappé aux rangers.

— C'est peu probable.

— Mais c'est possible, insista Jen. Ce serait formidable si on trouvait un objet quelconque avec un nom dessus.

— Ben tiens ! Avec l'adresse aussi, tant que tu y es, ironisa Sam. Un permis de conduire peut-être. Les rangers n'auraient plus qu'à cueillir les coupables.

— Tu deviens aussi sarcastique que moi, protesta Jen en croisant les bras. Ça ne va pas... Je veux juste que ces bandits soient arrêtés pour que tu ne sois pas obligée de passer le reste de ta vie à regarder derrière toi. Ce qui me fait penser que...

— Oui ? s'étonna Sam, ne pouvant s'empêcher de lancer un regard inquiet en contrebas, vers le corral.

— Ton père sait-il où nous sommes ?

— Il n'était pas à la maison. Il n'a pas souvent l'occasion d'avoir des après-midi libres comme nous. Mais j'ai dit à ma grand-mère que je partais avec toi, précisa Sam en souriant, bien que le sous-entendu de Jen la fasse frissonner.

— En résumé, personne ne sait où nous nous trouvons, déclama Jen avec un trémolo dans la voix comme si elle lisait une histoire de fantômes.

— À qui voulais-tu que j'en parle ? À Jake ?

— Ah, non ! affirma Jen tout en se plaçant en face de la porte de l'autobus et en tirant Sam à elle par la manche. Après vous, détective Alice.

Sam finit d'ouvrir la porte en accordéon et grimpa les marches. Comme elle l'avait craint, quelque chose par terre déguerpit, mais l'attention de Sam fut vite monopolisée par l'odeur qui régnait.

— Berk, ça sent les chaussettes sales mouillées, fit-elle avec une grimace.

— Oui, avec un zeste de chili en conserve, je dirais, ajouta Jen.

Passant devant Sam, Jen lui indiqua du menton deux boîtes en fer-blanc renversées sous l'un des bancs.

Les deux amies étudièrent le fond de l'autobus. La travée était dégagée, comme si quelqu'un l'avait balayée. Quant aux sièges, certains formaient des angles bizarres, soit parce qu'ils penchaient d'un côté ou d'un autre, soit parce qu'ils étaient déboulonnés de leur base. Sam se demandait si l'autobus n'était pas tombé dans le précipice depuis la grand-route, lorsque Jen, le doigt pointé, s'écria d'une petite voix :

— Derrière toi !

Haletante, Sam pivota sur ses talons. Pour ne rien voir.

— Aïe ! Tu m'as marché sur le pied ! se lamenta Jen.

— C'est bien fait pour toi, lui répondit Sam d'une voix essoufflée. Mais qu'est-ce que tu regardes, enfin ? Je ne vois rien.

Sam avait scruté en vain le fauteuil du

chauffeur, l'indicateur de vitesse et un cadre en plastique craquelé par le soleil, comme ceux dans lesquels les conducteurs affichent leur permis de conduire.

— Ça ! fit Jen.

Sam finit par comprendre. Posé sur le tableau de bord, juste au-dessous du rétroviseur, se trouvait un pot de *cottage cheese* rempli d'eau, à la surface de laquelle flottait une substance blanche qui n'était pas faite de restes de grumeaux formés par le fromage frais. Continuant son examen, Sam avisa alors un rasoir d'homme dont la lame était encore parsemée de poils de barbe séchés.

Jen voulant s'approcher, Sam se plaqua contre les sièges, trop heureuse de la laisser passer, puis s'éloigna dans l'allée centrale vers le fond du bus. Tout cela était ridicule. Que s'imaginaient-elles trouver ?

Elle en était là de ses réflexions lorsqu'elle remarqua sur sa droite, en boule sur le siège, deux sacs de couchage, dont l'un, plein d'accrocs, laissait paraître sa bourre blanche. Sam tourna son regard vers la gauche. Une corde enroulée était posée sur le rebord d'un dossier et un gant traînait seul sur le siège.

Sam continua d'avancer, mais l'autobus à cet endroit était très incliné. Elle devait se trouver au-dessus d'un pneu crevé. Sam s'apprêtait à se tenir de la main pour se rééquilibrer, lorsque la voix de Jen la fit de nouveau sursauter :

— Ne touche à rien ! lui lança cette dernière. On ne sait jamais, ils n'ont peut-être pas relevé les empreintes.

— Tu regardes trop la télévision, marmonna Sam.

À cet instant précis, une souris au poil luisant, venue de nulle part, lui passa en trombe sur la botte gauche et plongea sous le revers de son ourlet de pantalon droit.

— Non ! hurla Sam en tapant des pieds.

La souris retomba et repartit aussi vite en sens inverse. Affolée, Sam se mit à danser d'une jambe sur l'autre pour éviter tout contact avec l'animal. Ce faisant, elle trébucha, l'un de ses pieds se déroba, et elle s'affala à plat ventre.

— Je t'ai dit de ne rien toucher ! répéta Jen.

— T'auras qu'à en parler aux premiers secours quand ils arriveront ! grommela Sam.

Jen lui répondit, elle aussi, par un grognement, mais s'approcha rapidement. Sam lui avait fait peur avec sa réflexion et Jen ne se sentait pas très à l'aise. Sam ne l'était guère non plus. Après tout, elle était allongée par terre dans cet ancien autobus pénitentiaire, qui plus est, le souffle coupé. Sans compter que pour se relever, elle serait obligée de s'aider de ses mains, alors que l'idée de presser ses paumes sur ce sol la dégoûtait.

Toutefois, Sam se rendit compte qu'elle avait une vue de premier choix sous les sièges. Il ne se trouvait là aucun chewing-gum, uniquement des toiles d'araignée et des morceaux de métal rouillé. Mais près d'un pied de support métallique cassé, Sam aperçut un bout de papier jaune. Elle ferma les yeux, puis les ouvrit de nouveau.

— Ça va ? lui demanda Jen. Sam, tu t'es cognée quelque part ?

Inquiète, Jen venait de s'accroupir juste derrière elle.

— Je vois bien ou je rêve ? lui dit Sam.

L'espace d'une minute, Jen resta sans voix, puis reprit :

— Sam, pourquoi est-ce que tu me poses cette question ? Sam, tu as intérêt à aller bien. Je ne peux pas te porter...

— Ce n'est pas la peine ! s'esclaffa soudain Sam, tout en se retournant comme une crêpe et en s'asseyant aussitôt face à son amie, un sourire aux lèvres.

Puis, délicatement, elle glissa le bras sous

le siège et tira du tube métallique cassé le rouleau de papier jaune qu'elle y avait vu.

— Oh, ça change tout ! soupira Jen.

Vendu pour $125 plus objets échangés
1 jumant isabel,
3 an, avec matérielle
à Curtis Flickinger

— Je n'arrive pas à lire la signature, dit Jen. En tout cas, la personne qui a rédigé ça a besoin de cours d'orthographe.

Sam relut le mot.

— C'est signé Rose Bloom. Tu vois le B ici ? fit-elle remarquer à Jen. C'est la dame qui a adopté Soleil Noir et en est devenue propriétaire il y a quelques mois. Enfin, c'est ce que Brynna m'a dit.

Ce titre de vente rudimentaire prouvait que Soleil Noir appartenait bien au dénommé Curtis Flickinger. Ce devait être l'un des voleurs.

— Qu'est-ce que tu vas faire ? demanda Jen à Sam, inquiète.

Sam aurait pu la prendre dans ses bras. Jen était une si bonne amie. Jamais elle ne lui aurait donné de conseil sans y être invitée. Toutes deux savaient qu'elles devaient remettre cette preuve aux autorités compétentes, et toutes deux savaient que la petite jument isabelle en souffrirait les conséquences.

— Qu'est-ce que tu en penses ? demanda alors Sam à son amie.

— On dirait une copie carbone, dit Jen. Rose Bloom doit avoir l'original. Alors, cacher cette copie ne servirait pas à grand-chose.

— De toute façon, je ne le ferai pas, répondit Sam en pliant le papier jaune en quatre avant de le glisser dans sa poche de devant. Mais je veux réfléchir un peu avant de prendre une décision, ajouta-t-elle en interrogeant Jen du regard.

Encadré par ses tresses blondes, le visage de celle-ci avait pris un air sérieux. Jen était un as des mathématiques, douée en plus d'un talent hors pair pour les raisonnements logiques et bien ordonnés. S'il y avait un défaut dans l'armure, l'esprit analytique de Jen le décèlerait. À l'extérieur, une brise s'était levée et une branche d'armoise tapota le bus.

— À moins que nous ne soyons observées en ce moment même par les agents fédéraux, ce dont je doute, car Caïd et Bébête nous l'auraient fait savoir, je ne vois pas de problème, répondit Jen en secouant la tête. Tu peux attendre, décida-t-elle en se frottant les mains avant de les examiner d'un air songeur. Après tout, nous sommes jeunes...

— Oui, comment pourrait-on nous reprocher de n'avoir pas compris que c'était important ? suggéra Sam.

— C'est un argument qui ne marchera pas, Samantha Anne. Sinon, pourquoi aurions-nous pris ce papier ?

— Tu as raison, concéda Sam, en ignorant le geste de la main que Jen faisait pour lui signifier qu'il n'y avait là rien de nouveau. Partons d'ici, reprit Sam. Je suis censée aider Jake avec Mikki aujourd'hui.

Jen se redressa et redescendit l'allée vers la porte.

— Ne dis rien à Jake, lança-t-elle alors à Sam.

— Je le jure sur ma vie, lui promit Sam.

Néanmoins, lorsqu'elles eurent rejoint les chevaux, Sam pensait déjà qu'elle lui demanderait s'il avait glané des informations intéressantes chez les traqueurs.

Après tout, il n'y avait pas de mal à cela.

Sam raccourcit les rênes pour que Caïd laisse la fourgonnette grise passer et traverser le pont du Méandre. Même de là, elle entendait les hennissements déchirants de Soleil Noir.

Lorsqu'elle entra dans la cour du ranch, elle comprit ce qui les provoquait.

Jake se tenait devant la grange, entre l'Ensorceleuse et Douce. Elle était sur Caïd. La petite jument était donc seule dans le corral. Elle devait se sentir abandonnée par le troupeau que Douce et Caïd constituaient désormais.

Une autre surprise attendait Sam : Mikki, qui venait donc juste d'arriver aussi, parlait avec Piment. Elle portait un jean et un tee-shirt noir décoré d'un « Antisocial » peint au pochoir. Que ce soit le nom d'un groupe de musique ou la description du propriétaire du tee-shirt, Mikki avait tout intérêt à être gentille avec Piment, se dit Sam, agacée. Avant de se raviser et de secouer la tête de désespoir face à sa propre stupidité. Pourquoi s'inquiétait-elle pour un cow-boy ? Que pouvait lui faire une petite fille de onze ans ?

Le fait est que Sam aimait bien Piment, avec ses cheveux roux tirant sur le rouge, et son allure dégingandée. Il n'avait que dix-sept ans et contrairement à Dallas ou Ross, les deux autres employés du ranch il parlait beaucoup. En outre, Sam avait beau être la fille de son patron, il ne la traitait pas différemment pour autant et ne se moquait pas non plus du fait qu'elle avait vécu à la ville.

Piment avait accepté Sam comme elle était, tout simplement. Ses clins d'œil, ses petits signes de tête, et la jugulaire qu'il avait fabriquée pour elle afin que son chapeau ne s'envole pas sur un cheval au galop avaient souvent aidé Sam à ne pas renoncer durant les durs moments de sa réadaptation à la vie du ranch.

Curieuse de savoir ce qu'ils se disaient, Sam passa non loin de Piment et Mikki. Celle-ci était en train de lui demander pourquoi il était devenu cow-boy.

— Je n'avais pas le choix, lui répondit Piment, un sourire se dessinant lentement sur ses lèvres.

— Qu'est-ce que ça veut dire ? lui rétorqua Mikki.

— Je suis trop paresseux pour travailler et trop peureux pour voler, lui répondit Piment.

Mikki s'esclaffa, mais Sam fit une grimace embarrassée. Elle avait volé. Elle avait un titre de vente qui ne lui appartenait pas dans sa poche et un cheval, qui ne lui appartenait pas non plus, dans un des corrals du Méandre.

Il n'empêche, elle dirait à Piment de surveiller ses paroles en présence de Mikki. Toutefois, Sam devait admettre que tous deux avaient un point en commun. Mikki avait fait plusieurs fugues et Piment, aussi. C'est au cours de l'une d'elles qu'il avait atterri au Méandre. Peut-être lui et Mikki parviendraient-ils à bien s'entendre.

Forte de toutes ces réflexions, Sam s'apprêtait à mettre pied à terre pour se joindre à la conversation, lorsqu'elle aperçut Jake qui lui faisait de grands signes depuis la grange.

Sam resta donc sur Caïd et le rejoignit. Il était couvert de poussière, comme s'il avait déjà travaillé. Il avait aussi desserré la sangle de l'Ensorceleuse pour lui donner un peu de liberté. Douce, quant à elle, était sellée. Jake avait-il passé sa demi-journée de repos à travailler ?

— Je me suis occupé de Popcorn cet après-midi, et j'ai réussi à lui passer le licol, lui dit-il justement.

— Jake, c'est formidable !

— C'est lui qu'il faut féliciter, pas moi, répondit-il en haussant les épaules. Il est doux comme un agneau.

C'est alors que sa bouche fit une grimace irritée :

— Si ça se trouve, elle va vraiment réussir à le monter avant son départ.

Regrettant aussitôt ses paroles, il changea immédiatement de sujet :

— Ne rentre pas Caïd, tu m'aideras à mettre Popcorn dans le corral à la place de la jument une fois qu'elle aura fait son heure.

Sam remarqua que Jake, au risque de ne pas être compris, avait évité de mentionner le prénom de Mikki.

— Elle te dérange toujours, n'est-ce pas ? lui demanda Sam.

— J'ai demandé au chauffeur de la fourgonnette de venir la chercher plus tard pour qu'elle ait le temps de faire de vrais progrès aujourd'hui, lui répondit-il, légèrement sur la défensive.

— Mais tu ne lui fais toujours pas confiance.

— Je n'ai pas envie d'en parler.

Respirant profondément pour ne pas s'énerver, Sam parla d'autre chose :

— Et ton expédition avec les traqueurs, elle s'est bien passée ? reprit-elle.

Le visage de Jake s'illumina brièvement, puis il répondit :

— Plus tard.

Sur ce, il se dirigea vers l'enclos circulaire.

— Les services de la police t'ont recruté, ou quoi ? se moqua Sam.

— J'ai dit plus tard, répéta Jake en lançant à Sam un regard destiné à la faire taire, en vain.

— Jake ? insista-t-elle. Est-ce que c'était bien ? Allez, raconte-moi !

— Si j'avais effectivement été recruté par la police, ma première décision serait de t'assigner à domicile.

— Je n'ai rien fait ! s'exclama Sam, traversée par une pointe d'inquiétude, puis rassurée par la pensée que Jake n'avait aucun moyen de savoir ce qui se trouvait dans sa poche.

— À moins que ton idée délirante de passer la nuit avec cette jument ne compte, dit Jake, très fier de voir Sam enfin bouche bée. C'est ton père qui me l'a dit, reprit-il. Il m'a appelé ce matin pendant que tu attendais le bus.

En plus du reste, Jake ne manquait jamais une occasion de la faire enrager. Il lui fallait plus d'une heure pour aller au lycée, alors que lui y allait en voiture avec son frère et en deux fois moins de temps.

En temps normal, Sam n'aurait pas laissé Jake s'en sortir aussi facilement, mais ce jour-là, Sam voulait absolument savoir si elle allait trop vite en besogne avec Soleil Noir ou non. Jake était le seul à même de le lui dire.

— Jake, reprit-elle en l'attrapant par le bras et en l'empêchant de se libérer, je veux juste lui tenir compagnie quand il fait noir et imiter ses mouvements comme tu m'as appris à le faire avec Blackie. C'est tout. Dis-moi ce que tu en penses, s'il te plaît.

Sam desserra son étreinte. Sans bouger, Jake baissa les yeux et réfléchit un instant en se frottant la nuque.

— Je pense que c'est une bonne idée, pour le cheval, dit-il enfin. Que cela en soit une pour toi, c'est une autre histoire.

— Tu sais bien que je suis prudente avec les chevaux.

— Voyons, des nez qui saignent, des yeux au beurre noir... Hum... s'interrompit Jake, fronçant les sourcils et feignant la confusion. Est-ce que je me trompe ? Ce n'était pas toi que j'ai vue dans cet état ?

Sam lui tirait déjà la langue, lorsqu'elle sentit sur elle le regard de Mikki. Une fois la seconde d'embarras passée, Sam pensa qu'il était peut-être bénéfique pour l'adolescente de voir que l'on pouvait se trouver en désaccord avec un homme sans pour autant se battre avec lui.

Ayant compris que Sam l'avait remarquée, Mikki tourna les talons et se dirigea vers l'enclos circulaire.

— Attends une minute, lui lança Jake. Avant qu'on entre, je veux t'expliquer ce qu'on va faire aujourd'hui.

Ignorant le soupir ostensible poussé par Mikki et le fait qu'elle s'était mise à taper du pied, Jake ajouta :

— Tu vas signer un pacte avec Popcorn.

— Un pacte ?

— Oui. S'il ne s'enfuit pas devant toi, toi, tu ne le poursuivras pas. C'est aussi simple que ça. Sam, aide-moi, dit-il en se tournant vers elle et en lui faisant signe de s'approcher. C'est toi le cheval.

— Chouette ! répondit Sam en faisant un mouvement brusque de la tête pour agiter sa chevelure comme si c'était une crinière.

Sur ce, elle s'éloigna de Jake. Jake la suivit.

— Si j'étais un mustang, lança Sam à Mikki par-dessus son épaule, le fait que l'on me suive de cette façon me rendrait nerveux, surtout si la personne accélérait comme Jake.

Elle et lui s'étaient mis à marcher en cercle d'un pas vif. Soudain, Jake s'arrêta. Sam ralentit, puis s'immobilisa à son tour avant de se tourner lentement vers lui. À son mouvement, Jake recula d'un pas.

— Pourquoi laisses-tu le cheval s'éloigner de toi ? remarqua Mikki.

— C'est l'impression que je donne, au début, mais très vite, c'est lui qui revient vers toi... pour manger, pour accepter ton licol...

— Pour se laisser monter ? l'interrompit Mikki. D'accord, j'ai compris, mais ça va prendre des heures !

— Si tu as de la chance, oui, confirma Jake.

— Pourquoi ne pas simplement l'attraper à la longe et l'attacher ou le retenir pendant que je le caresse ? Au bout d'un moment, il devrait savoir que je ne veux pas lui faire de mal, commenta Mikki.

— Avec moi, ça ne marcherait pas, répondit Sam. Si une créature m'attachait, me traînait quelque part, puis décidait de me toucher la tête, je me débattrais comme une furie pour l'en empêcher. Pas toi ?

— C'est reparti ! Elle pense à nouveau comme un cheval, dit Jake.

Venant de lui, c'était le meilleur des compliments que Sam pouvait recevoir et elle en rougit de fierté. L'avis de Jake comptait énormément pour elle.

— Ce n'est pas juste, intervint Mikki. Elle

n'a aucun effort à faire. On dirait qu'elle est née sur un cheval. Moi, je viens juste d'arriver.

— Sam peut réfléchir comme un cheval, parce qu'elle les observe, et l'a toujours fait. En plus, elle leur veut vraiment du bien, précisa Jake. Si tu es gentille, Sam te dira peut-être où elle a passé toute l'année dernière et celle d'avant, et pourquoi.

Mais Mikki était trop préoccupée par le sujet présent pour mordre à l'hameçon.

— Bon, quelles règles Sam Forster recommande-t-elle d'appliquer pour penser comme un cheval ? dit-elle.

La réaction immédiate de Sam fut de se dire que rien ne l'obligeait à répondre à Mikki. Toutefois, elle chassa vite cette pensée de son esprit et décida de se comporter en adulte, et de laisser à Mikki le soin de jouer le rôle de la sale môme.

— En fait, il y a très peu de règles à connaître pour un cheval, lui dit-elle alors. Premièrement, le troupeau est le seul lieu où il se sent en sécurité. Deuxièmement, il s'enfuit loin de tout ce qui risque de lui faire mal.

— Je peux jouer avec vous ?

C'était Piment, qui s'était approché.

— C'est tout ? s'étonna Mikki sans prêter

aucune attention au jeune garçon et en se dirigeant immédiatement vers l'enclos.

— C'est tout, lui répondit Jake en lui emboîtant le pas. Et maintenant, tu as intérêt à te mettre au travail, parce qu'aujourd'hui on met Popcorn dans un autre corral, et c'est toi, fit-il en pointant le doigt sur elle, qui va l'y mener.

Chapitre 11

Le plan de Jake marcha comme sur des roulettes. Durant la première demi-heure, Mikki suivit Popcorn dans l'enclos en lui parlant sans cesse. La suivante, elle fit de même, mais elle avait attaché une longe à son licol. Au bout d'une heure, Popcorn lui obéissait sans rechigner.

— Tant que tu entends ses sabots derrière toi, ne t'arrête pas de marcher, ordonna Jake à Mikki. Et surtout, ne regarde pas derrière toi.

— Est-ce qu'il est loin ? lui demanda-t-elle en passant devant lui.

— À deux mètres ou deux mètres cinquante. C'est la distance dont il a besoin pour s'enfuir si nécessaire. Il sait que, de là, tu ne pourrais pas l'attraper.

Sam, qui était venue vérifier le déroulement des opérations, remarqua le sourire de Mikki. Elle n'essayait plus de jouer les dures à cuire. Elle n'essayait plus de jouer les indifférentes. Elle avait parlé le langage de Popcorn, elle lui avait dit qu'il pouvait lui faire confiance, et elle était fière. Un événement d'importance.

— J'aimerais que ma mère puisse voir ça, dit-elle en passant de nouveau devant Jake.

— Dans quelques semaines peut-être, lui répondit celui-ci d'un ton détaché. Il n'y a pas de raison que cela ne puisse pas se faire.

Vint enfin le moment où Popcorn devait être sorti de l'enclos et Soleil Noir, du corral. Pour parer à toute éventualité, Jake, accompagné de Piment, alla fermer le portail de la cour du ranch, en parlant si fort que Sam se demanda s'ils ne manigançaient pas quelque chose.

— Je crois que Mikki pourra s'en sortir avec Popcorn, dit Jake. Celle qui m'inquiète, c'est la jument.

Mikki quitta l'enclos circulaire en menant Popcorn à la longe derrière elle. Curieux, l'albinos tourna l'encolure vers les cinq hectares de pré, puis vers la grange. Il levait haut les sabots, trahissant son agitation, mais il suivit Mikki jusqu'à ce qu'elle s'arrête sur le côté de la maison.

— Bien ! lança Jake à Mikki, avant de faire un signe de tête à Piment, qui alla se poster sous la galerie avec Grand-Mère Grace.

Tout le monde était prêt désormais pour la sortie de Soleil Noir de son corral.

— Je vais lui passer deux lassos, reprit Jake à l'intention de Sam. Un pour toi, un pour moi. De cette façon, Douce et Caïd pourront la retenir. Étant donné qu'elle les considère comme son troupeau, on a une chance qu'elle reste calme jusqu'à l'entrée de l'enclos.

— Ça ne va pas lui plaire, commenta Sam, en considérant la largeur de l'entrée comme si elle était à la place de Soleil Noir.

Ce goulet d'étranglement ne rappellerait-il pas à la jument les motos vrombissantes, les cris des hommes et les mustangs affolés se jetant dans le piège ?

— Une fois qu'elle est devant le portail, on lâche les lassos et tu passes avec Caïd. Elle devrait vous suivre sans problème.

Sam jaugea de nouveau la largeur de l'entrée. Les yeux bandés, l'isabelle s'était laissé conduire par Caïd du Canyon perdu jusqu'au

Méandre. Il était peu probable qu'elle rechigne à le faire du corral à l'enclos.

— J'en ai parlé avec Wyatt, la rassura Jake. C'est la meilleure solution qu'on ait trouvée.

— Alors c'est parti, lui dit Sam.

À sa grande surprise, elle vit Jake saluer Mikki, Piment et Grand-Mère Grace.

— Ce rodéo ne durera pas trop longtemps, leur promit-il comme s'il présentait un spectacle.

Jake attrapa Soleil Noir au lasso avec tant de douceur qu'elle se demanda ce qui lui arrivait. En revanche, lorsque Douce et Caïd la tirèrent hors de l'obscurité de la grange, elle prit peur.

Jake et Sam laissèrent à Caïd et à Douce le soin de résister chaque fois que l'isabelle, tout en s'ébrouant, faisait des mouvements brusques de la tête pour tenter de se libérer des nœuds qui se resserraient sur son encolure. Sam se força à garder le silence, car elle savait que sa voix ne calmerait pas la jument. Le lendemain, peut-être, mais pas ce jour-là.

Soleil Noir s'agita, piaffa, se cabra. Puis, sa crinière noire flottant au gré de ses mouvements, elle se mit à trotter en zigzag loin devant Douce et Caïd, avant de reprendre un pas saccadé, gênée par la lumière directe du soleil dans ses yeux.

Elle n'était plus qu'à quelques pas de l'enclos, lorsque Mikki s'écria :

— Popcorn, non ! Tu restes ici !

Sam n'entendit plus ensuite que le martèlement des sabots et les cris de Soleil Noir. Surprise par la voix de Mikki, la jument se cabra si haut que Sam eut peur qu'elle ne tombe à la renverse. Ses forces décuplées par l'épouvante, elle jeta son corps de tous côtés en balançant sa tête avec violence. Sans le savoir-faire des deux excellents chevaux de ranch qu'étaient Caïd et Douce, Soleil Noir aurait pu s'enfuir. Heureusement qu'ils avaient été dressés à éviter des bœufs qui chargent ou à garder leur calme au milieu de troupeaux en pleine bousculade. Fouettant de la queue, sans relâcher leur attention sur la jument, ils continuèrent de la suivre lentement, muscles tendus, en retenant les lassos, ou en les relâchant, le cas échéant.

— Non ! Oh, mais non, tu ne t'échapperas pas ! s'éleva de nouveau la voix stridente de Mikki.

Sam ne voyait pas ce qu'il se passait, et n'essaya pas. Son travail était de faire entrer

Soleil Noir dans l'enclos. Piment et Grand-Mère Grace devraient s'occuper de Mikki.

D'autant qu'elle et Jake y étaient presque. Ils étaient arrivés devant le portail. Sam se pencha sur l'encolure de Caïd :

— Allez, mon cheval, montre-lui le chemin, murmura-t-elle au hongre.

Aussitôt, Caïd s'élança, dépassa la jument et pénétra dans l'enclos, ignorant les deux lassos qui, lâchés par Sam et Jake, se prenaient dans ses sabots. Une fois le portail fermé, Caïd, obéissant aux mains de Sam, entama des tours au petit galop. Derrière lui, Soleil Noir suivait.

Au bout d'un moment, Jake ouvrit le portail pour que Sam et le hongre puissent ressortir. Mais Jake n'avait jamais vu la petite isabelle lorsqu'elle avait décidé de ne pas se laisser séparer d'autres chevaux qu'elle considérait comme son troupeau.

La tête et l'encolure à l'horizontale, les oreilles couchées en arrière si bas qu'elles disparaissaient dans sa crinière, Soleil Noir resta collée à Caïd, chargeant presque de front avec lui vers le portail.

Comprenant qu'elle s'échapperait, Jake referma ce dernier précipitamment, puis se dressant dans sa selle en s'appuyant sur ses éperons, il cria à l'intention de Sam :

— Laisse Caïd et saute par la barrière !

L'ordre n'était pas si difficile à exécuter. Si ses mains n'avaient pas tremblé, Sam aurait aisément quitté sa selle et attrapé les planches avant de se hisser par-dessus. Mais la vue de ce qui se passait à l'extérieur l'avait déstabilisée. Elle était en colère et aurait bien aimé aller secouer Mikki comme un prunier.

Popcorn avait essayé de se comporter en bon cheval. Lorsque Mikki avait tiré sur sa longe en reculant de quelques pas pour l'empêcher de s'éloigner, il s'était aussitôt rapproché d'elle. Un peu vite, car Mikki, devant cette masse de deux cent vingt kilogrammes au moins venant sur elle, fut prise de panique.

— Non ! Non ! hurla-t-elle alors en tirant plusieurs fois sur la longe, secouant brusquement la tête du cheval dans tous les sens.

Elle voulait le forcer à s'immobiliser ; lui pensait qu'elle tirait pour qu'il continue d'approcher.

Voyant la situation dégénérer, d'un signe de tête, Jake ordonna à Piment d'intervenir. S'interposant entre le hongre et l'adolescente, ce dernier prit la longe des mains de Mikki en la poussant aussi délicatement que possible derrière lui.

Sam, qui tournait toujours dans l'enclos sur Caïd, eut le temps de voir à quel point Mikki n'apprécia pas de se faire écarter ainsi. Piment, lui, avait d'autres soucis. Il s'inquiétait de l'albinos, qui avait fini par complètement s'affoler. Il martelait le sol de ses sabots antérieurs, en tirant sur la longe. Il ne voulait plus qu'une chose : se libérer et s'enfuir. Il avait tant de force que même Piment dut planter ses talons dans la terre et peser de tout son poids pour ne pas être emporté. Après un bras de fer acharné, le hongre, haletant, sa robe blanche assombrie par la transpiration, finit par se calmer et ne plus bouger.

Piment se redressa. Lentement, en le flattant de la voix, il avança. Au fur et à mesure, il enroulait nonchalamment la longe. Lorsqu'il ne fut plus qu'à un ou deux mètres de lui, il dit :

— Hé, Jake ? Et si je conduisais ce monsieur au corral ?

Sur ce, d'un pas calme, Piment se mit en marche. Sans résister, Popcorn lui emboîta le pas. L'albinos semblait de si bonne volonté que Sam fut prise de furie contre Mikki. Elle avait réussi à escalader la barrière et s'était approchée, mais sa rage l'empêchait de parler. Elle aurait bien aimé que sa grand-mère, qui était si pleine de bon sens et de franchise, aille sermonner cette fille. C'est Jake qui s'en chargea.

Sans un regard, il tendit les rênes de Douce à Sam, puis son chapeau. Déconcertée, Sam baissa les yeux vers le Stetson poussiéreux dans ses mains. Qu'est-ce que Jake avait donc l'intention de faire ? Cependant, lui avait arraché la lanière de cuir qui retenait ses cheveux et s'apprêtait à la renouer. Sam comprit alors qu'il tentait de retrouver son calme. Légèrement inquiète, Sam aurait maintenant aimé que sa grand-mère intervienne.

Mikki aussi, sans doute. Pantelante, elle regardait éperdument alentour, comme une proie cherchant à s'échapper d'un piège. Grand-Mère Grace, elle, resta sans bouger.

— Attends, ce n'est pas ma faute ! hurla alors Mikki. C'est lui qui m'a cherchée. Il m'a foncé dessus. Il a essayé de me piétiner. Il a... il a...

Jake la laissa s'empêtrer un instant, puis parla calmement :

— Les chevaux peuvent avoir peur ou se montrer insistants. Ils ne sont jamais malintentionnés.

— Il essayait de m'impressionner...

Cette fois, Jake n'attendit pas que le flot de Mikki se tarisse de lui-même :

— Non, il est impressionnant, la corrigea-t-il. Il est plus grand et plus fort que toi. Le menacer ou te battre avec lui ne marchera pas. Peut-être que ça t'a permis de pousser d'autres gamins ou ta mère à faire ce que tu voulais, mais avec un cheval, ça ne te mènera nulle part. Un cheval doit pouvoir avoir confiance dans son futur cavalier et Popcorn y était presque arrivé. Il s'est senti en danger et il s'est tourné vers toi. Il avait besoin que le chef de son troupeau, *c'est-à-dire toi*, soit fort.

Jake s'interrompit, attendant que Mikki daigne le regarder. Lorsqu'elle accepta enfin de soutenir son regard, il ne fit rien pour l'épargner :

— Tu l'as laissé tomber, jeune fille, reprit-il, sévère. Tu as perdu le contrôle. Que crois-tu qu'il va penser de toi ? Tu n'as pas cessé de lui répéter qu'il pouvait te faire confiance, que tu t'occuperais de lui. Et qu'est-ce que tu fais ? Tu te mets à hurler après lui, à le secouer dans tous les sens, à lui prouver que tu es faible.

Insensiblement, Mikki s'était rapetissée. Son air de défi s'était effacé. Elle avait porté ses deux mains à sa bouche, comme si elles lui permettaient de faire barrage aux paroles de Jake.

Sam, qui observait la scène bouche bée, réfléchit. Jake n'avait pas confiance en Mikki, mais il en avait eu assez pour que son comportement le déçoive. Mikki n'aimait pas Jake, et pourtant, elle se recroquevillait de honte devant lui. Cela signifiait-il que les choses avançaient ?

La fourgonnette grise klaxonna et Sam s'empressa d'aller ouvrir le portail de la cour. Piment, lui, était revenu du corral attenant à la grange et s'était approché de Mikki. Tout d'abord, à le voir, tête inclinée, mains en mouvement, Sam supposa qu'il lui expliquait quelque chose. Sans qu'elle puisse entendre, elle vit que Mikki lui répondait. C'est alors que Piment se redressa brusquement.

— Je vais te dire, tonna sa voix. Dans ce ranch, les dames ne parlent pas comme ça ! aboya-t-il, l'index pointé comme une arme vers Mikki. Pas plus que les messieurs !

— Puisque c'est comme ça, j'espère ne jamais revenir dans votre sale ranch de dégénérés ! s'époumona Mikki.

Sur ce, elle s'élança vers la fourgonnette, avant de tirer comme une forcenée sur la portière jusqu'à ce que cette dernière s'ouvre enfin. Piment était pétrifié.

— Je suis désolé, Jake, finit-il par marmonner lorsque la fourgonnette eut démarré. Je n'aurais pas dû m'en mêler.

Décontenancé, il frotta ses paumes sur le devant de son jean.

— Zut alors, Sam, reprit-il. Si ce que je lui ai dit fait échouer le programme, alors que c'est si important pour vous tous, je ne sais pas ce que je ferai.

Jake, qui s'était approché de lui, lui tapa sur l'épaule :

— T'en fais pas. Elle le méritait et elle est assez résistante pour digérer tout ça, lui dit-il. Elle reviendra. Cette gamine est un cas, mais elle n'est pas du genre à baisser les bras.

Ce soir-là, Sam s'assoupit dans son bain. Sa tête glissa peu à peu du carrelage mural sur la faïence de la baignoire. C'est l'eau sur ses lèvres qui la réveilla.

La chaleur lui avait fait du bien, car ses muscles étaient douloureux depuis qu'elle était tombée dans cet autobus sinistre et qu'elle avait participé au transfert de l'isabelle dans l'enclos.

Une odeur de soupe et de pain à peine sorti du four flotta jusqu'en haut de l'escalier. Le souper serait prêt quand elle descendrait. L'idée de passer toute la nuit dans le corral ne lui paraissait plus aussi bonne que lorsqu'elle l'avait eue. À cette pensée, ses paupières se firent lourdes à nouveau et elle se serait à nouveau assoupie si son regard n'était tombé sur son jean roulé en boule par terre. Le titre de vente de Soleil Noir pointait dans la poche de devant. Les yeux de Sam s'ouvrirent en grand.

Définitivement réveillée, elle ôta la bonde de la baignoire, s'enroula dans un drap de bain, courut, tremblante, jusqu'à sa chambre, et cacha le bout de papier jaune dans une chaussette qu'elle fourra au fond du dernier tiroir de sa commode.

Elle savait qu'elle serait obligée d'informer Brynna de l'existence de ce contrat de vente, mais elle ne voulait pas le faire ce soir-là.

Lorsqu'elle quitta la cuisine chauffée pour l'enclos circulaire, Sam remarqua à peine la différence de température. Pour sa folle nuit blanche avec Soleil Noir, elle s'était bien couverte : sous-vêtements en Thermolactyl, jean, chemise à manches longues, veste, gants et bonnet de laine.

Elle avait aussi pris des petites sources d'énergie : une boîte de céréales pour la jument et une barre de chocolat pour elle.

Le soleil s'était couché lorsqu'elle ouvrit le portail, mais le jour s'attardait. Jake avait réussi à faire sortir Caïd un peu plus tôt. Lorsque Sam entra, Soleil Noir s'effaroucha. Elle s'éloigna au trot, puis entreprit de faire le tour de l'enclos. Une fois arrivée à la hauteur de Sam, furieuse que celle-ci ne s'efface pas sur son passage, la jument pivota et repartit en sens inverse en secouant la tête de colère.

— Tu ne me fais pas peur, ma belle, lui dit Sam.

Toutefois, pour se faire moins imposante et moins menaçante, elle s'assit par terre, le dos contre la barrière. Ne sachant que penser, l'isabelle poursuivit son tour en secouant toujours sa crinière. Son allure néanmoins devint moins confuse et, très vite, Sam n'entendit plus que le rythme régulier de huit battues. Mais soudain, la jument changea de direction. Elle revint vers Sam, toujours en longeant la barrière, si ce n'est que cette fois, parvenue à sa hauteur, elle vira vers le centre de l'enclos.

À compter de ce moment, ce sont des ovales qu'elle décrivit, encore et encore.

La nuit était tombée lorsqu'elle décida enfin de s'arrêter.

— Bon, ça n'a pas pris trop de temps, fit Sam, qui ne distinguait plus la silhouette de l'isabelle, mais qui entendait sa queue cingler l'air.

— Tu veux venir ? J'ai des céréales, reprit-elle alors.

Il aurait été prématuré de lui demander de manger dans sa main. Sam remplit donc une mesure, qu'elle agita pour que la jument puisse flairer l'odeur des céréales. Soleil Noir s'ébroua et repartit au trot, en traçant de nouveau des ovales.

— Tu es plus maline que je ne le pense, s'esclaffa Sam. C'est ça que tu veux me dire ?

Sam essaya alors la technique que Mikki avait utilisée avec Popcorn.

— Plus tu essaieras de t'éloigner de moi, plus je te suivrai, expliqua-t-elle à l'isabelle. Si tu t'arrêtes, je m'arrêterai aussi. Si tu avances vers moi, je reculerai.

La jument laissa échapper un grognement, comme insultée, puis se remit à trotter tout autour de l'enclos, cette fois suivie par Sam. Au bout d'une heure, celle-ci ne put s'empêcher de bâiller.

— Tu fais ce que tu veux, moi, je me repose, dit-elle en s'arrêtant.

La jument se figea aussi, tout en soufflant bruyamment par les lèvres.

« De l'énergie, j'ai besoin d'énergie », se dit Sam. Elle regarda sa montre. Minuit sept. Elle avait chaud, elle avait la nausée, et il lui restait encore des heures avant le petit jour. Elle sortit de sa poche sa barre de chocolat. Maintenant qu'elle était habituée à l'obscurité, elle vit les oreilles de la jument s'agiter au son du froissement de papier.

— On peut partager si tu veux, lui lança Sam d'un ton enjôleur. Allez, Soleil... aucune fille ne refuse du chocolat.

La jument détourna la tête en soulevant le menton comme si son attention venait d'être attirée par un événement beaucoup plus intéressant à l'extérieur de l'enclos.

— Même si tu n'es pas prête à l'admettre, on fait des progrès toutes les deux, reprit Sam.

Doucement, elle tâcha alors d'imiter un petit hennissement. Sans succès. Au lieu de dresser les oreilles, la jument les laissa retomber, pendantes.

— Il ne faut pas exagérer, lui dit Sam. Je n'imite peut-être pas très bien les chevaux, mais ce n'est pas une raison pour me regarder comme si j'étais un vrai mulet. Allez ! Tu sais très bien que tu es épuisée. Pourquoi est-ce que tu ne t'approches pas un peu ?

Comme si elle comprenait décidément tout ce que Sam lui disait, la jument, contrariante, recula de quelques pas.

— Tu fais la fière, c'est tout, poursuivit Sam en bâillant une nouvelle fois. Tu l'auras voulu. C'est moi qui viens te chercher.

Là-dessus, elle s'élança et leur petit manège reprit. Si ce n'est que Sam traînait de plus en plus les pieds. Tout en courant derrière la jument, elle regarda de nouveau sa montre : minuit douze. Seules cinq minutes s'étaient écoulées, et elles lui avaient paru aussi longues qu'une heure entière. Elle devait absolument résister à son envie de dormir. Mais comment ? En plongeant la tête dans l'abreuvoir ? Le résultat serait assuré, toutefois la solution n'était pas très ragoûtante, même pour une fille qui adorait les chevaux. Si elle allait vite prendre une douche froide dans la maison, elle réveillerait son père et sa grand-mère. Il ne restait plus guère que la rivière.

Sam écouta la Charla qui murmurait. À cette époque de l'année, le niveau de l'eau était bas. Cette dernière avait roulé sur les rochers, réchauffée tout au long de la journée par le soleil qui avait brillé. Elle ne devait pas être trop froide, même si l'air de la nuit s'était bien rafraîchi.

Sam se glissa donc à l'extérieur de l'enclos, puis referma le portail derrière elle avec précaution. Soleil Noir poussa un hennissement sourd. La jument essayait certainement de lui dire à quel point elle était ravie de se débarrasser d'elle.

— Oh, mais tu n'as pas encore gagné. Je reviens ! lui lança Sam. Notre petite fête n'est pas encore terminée.

La lumière sous la galerie et la pleine lune éclairaient faiblement le chemin qui descendait à la rivière. Une fois arrivée sur la berge, Sam s'assit sur un rocher et se figura sa mère à sa place. Mais ce n'était pas le moment de se laisser aller. Elle avait du travail à faire. Elle ôta donc ses bottes, puis, tout en retenant son souffle et en tâchant d'éviter les galets instables, elle entra dans l'eau.

Une chouette hulula non loin de là. Entrée jusqu'aux genoux, Sam se plaça sur le côté d'un rocher zébré de quartz. Sa masse arrêtait les remous du courant et formait une petite mare de calme. L'eau y était si lisse et satinée que la lune s'y réfléchissait. Auréolée d'une brume rose et dorée, on aurait dit qu'elle se baignait aux pieds de Sam.

Sam avait entendu parler de peuples anciens qui lisaient le futur dans l'eau sans ride des mares. Elle aurait bien aimé le faire elle-même. Quelle pouvait bien être la signification d'une lune auréolée et entourée d'un essaim d'étoiles ?

Elle se posait la question lorsqu'elle fut prise de vertige et trébucha en avant. Prenant appui sur le rocher avant que ses genoux ne se dérobent sous elle, elle se redressa, se campa sur ses pieds et se frotta les yeux. Le clapotis qu'elle avait provoqué avait fait taire la chouette.

Le silence emplit Sam de sérénité, à tel point qu'elle fut tentée de rester là, dans l'obscurité, bercée par le seul murmure de l'eau. Mais elle avait bien avancé avec la jument, ce serait dommage de ne pas retourner dans l'enclos. Tout en soupirant, elle baissa une dernière fois les yeux vers l'eau, pour tenter d'y lire son futur. Ce qu'elle vit alors la surprit tant qu'aucun son ne sortit de sa gorge.

Une autre tête se reflétait à côté de la sienne.

Chapitre 12

La robe blanche du Fantôme luisait en se reflétant sur l'eau. Sam leva les yeux. L'étalon, devant elle, la salua avec un hennissement si sourd que seuls ses naseaux vibrèrent.

Sam aurait voulu lui passer les bras autour du cou. Ses souvenirs lui assuraient que sa peau serait chaude et ferme contre elle, mais elle devait être patiente.

— Zanzibar, murmura-t-elle.

L'étalon secoua la tête trois fois de haut en bas, les crins de son toupet s'élevant et retombant comme des fils d'argent. Dessous, ses yeux étincelaient de malice. Il s'approcha. Puis, vivement, baissa et releva le museau. Si Sam n'avait pas connu les règles du jeu, elle aurait pensé que le frôlement, aussi léger qu'une plume sur sa main, n'avait été que le souffle du vent.

Il n'en était rien. Des années auparavant, Sam et l'étalon, ensemble, avaient appris ce jeu auquel elle avait donné le nom de « petits bisous ». Le poulain qu'il était alors devait s'élancer vers elle et, à la vitesse de l'éclair, poser ses lèvres sur sa main, avant de s'éloigner de nouveau comme si de rien n'était. « Tu lui apprends à mordre » lui avait reproché son père. Son poulain ne l'avait jamais mordue.

Pourquoi le Fantôme s'était-il souvenu de ce jeu ? Pourquoi ce puissant étalon avait-il ressenti l'envie de folâtrer comme un jeune chien ? Sam le taquina de la main, l'agita devant elle, tout en prenant garde d'éviter les mouvements brusques de l'étalon. Il ne savait pas que la peau de Sam était bien plus tendre que la sienne.

Soudain, les hennissements de Soleil Noir retentirent dans la nuit. L'étalon se figea. La tête dressée, il écouta ce que la jument disait, puis il baissa de nouveau les yeux vers Sam. Il avait de nombreuses juments sous sa protection, mais il adorait Sam. Sam était le seul être humain qu'il aimait.

Il décida de rester avec elle. Sam espérait que Soleil Noir n'avait réveillé personne. Si quelqu'un venait voir ce qu'elle faisait, Sam savait que le Fantôme s'en irait. Elle n'était pas inquiète pour lui, il saurait se mettre à l'abri, mais elle voulait éviter qu'on le voie disparaître, tel un spectre, de l'autre côté de la colline.

« En fait, se dit Sam, tu ne veux pas le partager. »

Pendant deux ans, Sam et son poulain n'avaient cessé de penser l'un à l'autre. Maintenant qu'elle était revenue, et que lui l'avait retrouvée, plus rien ne pourrait les séparer.

Sam lui tendit de nouveau la main, paume retournée. Aussitôt, le Fantôme vint y enfouir le bout de son nez, mais il ne jouait plus. Appuyant sur la coupe formée par les doigts de Sam, il baissa le menton vers son poitrail, la forçant à venir plus près. Sam se laissa faire.

Cependant, elle fit courir son autre main dans la crinière de l'étalon. Dès qu'elle y rencontrait un nœud, elle le démêlait. L'étalon était sur le qui-vive, et son corps vibrait, mais il était heureux de recevoir les soins de Sam et ne rechignait pas lorsque ses doigts tiraient. En deux ans et demi, personne ne l'avait pansé et des touffes entières de crins s'arrachaient. Sam eut alors une idée.

Elle avait dit à Jen qu'elle aurait besoin d'une recommandation d'un cheval sauvage pour amadouer Soleil Noir. Peut-être le Fantôme pourrait-il la lui procurer.

Elle entreprit de glisser dans sa poche les crins assez longs qu'elle tirait. Elle en ferait un bracelet tressé qu'elle porterait à son poignet à côté de celui qu'elle avait fait quelques années plus tôt lorsque la crinière du Fantôme était encore noire. Peut-être l'odeur du Fantôme suggérerait-elle à Soleil Noir qu'elle n'avait rien à craindre de Sam.

Baissant les yeux pour mettre d'autres crins dans sa poche, elle remarqua que le reflet de la lune sur la surface d'eau venait de se brouiller.

Ils avaient de la compagnie. C'était Flamme. Au cliquètement de ses griffes sur le pont, l'étalon, les antérieurs soulevés tel un cheval de manège, pivota dans l'eau et, d'un bond, rejoignit l'autre berge.

— Couché, Flamme, couché ! lança Sam pour que le chien n'aboie pas.

Il avait accompagné les employés jusque dans leur bâtiment plusieurs heures plus tôt.

S'il était dehors maintenant, c'est qu'il avait dû gratter à la porte et qu'on lui avait ouvert. Peut-être même l'un des cow-boys l'avait-il accompagné.

Sans prendre le temps de rechausser ses bottes, Sam s'élança hors de l'eau et se rua sur le pont. Flamme semblait seul. Ne la reconnaissant pas, il se mit à grogner, le poil hérissé.

— Petit fou, va ! lui dit Sam en n'hésitant pas à lui frotter les oreilles.

Aussitôt, le colley retrouva sa bonne humeur coutumière. La tête levée vers Sam et la gueule ouverte, jappant de plaisir, il lui fit la fête. Le Fantôme, lui, avait disparu. Suivie de Flamme, Sam redescendit chercher ses bottes, avant de reprendre le chemin de la maison. Arrivée devant l'enclos, elle s'arrêta, tandis que le colley continuait tranquillement vers le perron, en haut duquel il se coucha.

Sam aurait bien aimé l'imiter, mais elle avait à faire. Dès qu'elle la vit entrer, Soleil Noir s'effaroucha, mais moins que la première fois.

— Tu n'essaieras plus de défoncer la barrière maintenant, hein, ma belle ? lui dit Sam en reprenant sa position assise par terre.

La jument l'observa, comme si elle attendait

que Sam se relève et se lance à sa poursuite. Mais Sam n'avait envie que de bâiller.

— Il va falloir que tu t'habitues à moi dans cet état, dit-elle à Soleil Noir.

Dix minutes plus tard à peine, elle dormait.

L'instinct lui dit de ne pas ouvrir les yeux, de ne pas respirer fort, de ne pas faire de mouvement brusque pour échapper à ce qui bougeait tout près.

Sam resta parfaitement immobile. Ce n'était pas le froid du petit matin qui l'avait réveillée. C'était un souffle qui vibrait par des naseaux, et une douce odeur de poussière sur un cheval. Puis elle sentit un poids sur l'os de sa hanche.

Soleil Noir furetait. Sam souleva ses paupières juste assez pour entrevoir l'encolure de l'isabelle, qui tressaillit et recula d'un pas. Ses oreilles ourlées de noir se tournèrent vers Sam, mais, cette dernière ne réagissant pas, la jument revint poser le bout de son nez sur la poche où Sam avait fourré les crins du Fantôme.

Ses petits coups de museau finirent par chatouiller Sam, qui ne put réprimer un gloussement. Aussitôt, la jument s'éloigna vivement de quelques pas avant de s'immobiliser de nouveau, la tête inclinée, l'air interrogateur.

— J'en ai assez, dit Sam en se levant et en se dirigeant vers le portail.

Ce faisant, elle regarda furtivement par-dessus son épaule et vit sur la jument l'expression qu'elle attendait. Si Soleil Noir faisait montre de curiosité, si elle ne voulait pas voir Sam partir avant d'avoir découvert ce qu'elle avait dans la poche, c'est qu'elle avait fait des progrès.

Une fois à l'extérieur de l'enclos, Sam se hâta vers la maison. Elle voulait son lit.

De toute l'histoire du ranch du Méandre, personne n'avait jamais eu la permission de dormir jusqu'à midi. On ne laissa pas Sam faire exception à la règle. Au contraire, ce fut l'un des samedis les plus trépidants qu'elle avait connus depuis longtemps. Ross, Piment et Dallas s'étaient rendus très tôt au ranch de la Poussière dorée pour aider Slocum à décharger son nouveau troupeau de brahmas. Quant à Sam, elle avait déjà abattu assez de corvées pour remplir une journée lorsque Brynna arriva à deux heures de l'après-midi.

Sam regarda par la fenêtre de la cuisine le pick-up blanc du Bureau de gestion se garer dans la cour. Mikki en descendit, les bras résolument croisés sur la poitrine et les jambes raides comme des échasses.

— Regarde-la, dit Sam à sa grand-mère. Elle n'a vraiment pas envie d'être ici et elle n'a aucune envie de s'en excuser.

— À qui veux-tu qu'elle présente des excuses, lui répondit Grand-Mère Grace sans lever les yeux du fromage qu'elle râpait pour les *tacos* qu'ils mangeraient au souper. Au cheval ?

— Grand-Mère, comment peux-tu avoir de la peine pour elle ? Tu as bien vu la façon dont elle a traité ce pauvre Popcorn et comment, ajouta Sam en faisant un grand geste de la main, elle a fait un gâchis de toute la confiance qu'il avait mise en elle !

Grand-Mère Grace jeta un regard dépité à sa petite-fille.

— J'ai de la peine pour elle, parce qu'elle a eu peur, Samantha, et qu'elle a échoué alors qu'elle était sur le point de réussir quelque chose qui lui tient vraiment à cœur.

— On ne dirait franchement pas que ça lui tient à cœur, rétorqua Sam avec une petite voix nasillarde qu'elle regretta dès qu'elle l'eut utilisée.

— Samantha, pour quelqu'un qui comprend si bien les animaux, tu es particulièrement bornée quand il s'agit d'êtres humains.

— Sans doute, mais...

Sam s'interrompit avant de faire remarquer que Mikki portait un jean trop grand et que ses cheveux blonds ressemblaient à des queues de rat. Juste à temps.

— Tu crois que la confiance de ce cheval a été trompée ? tonna Grand-Mère Grace en jetant brutalement la râpe à fromage sur le plan de travail. La mère de Mikki s'est mariée trois fois et, si Mikki dit la vérité, elle a fait passer ces hommes chaque fois avant sa fille !

Sam fixa son regard sur le plafond blanchi à la chaux de la cuisine en s'efforçant de refouler ses larmes. Sa propre mère était morte et l'avait laissée seule, mais ce n'était pas un choix.

— Chérie, ne vois-tu donc pas pourquoi Mikki est déboussolée ? Ne peux-tu donc pas reconnaître un cœur qui a été brisé trop de fois ?

La gorge de Sam s'était serrée et elle dut s'éclaircir la voix avant de pouvoir parler :

— Si Popcorn lui donne une seconde chance, je le ferai aussi, déclara-t-elle enfin en se disant intérieurement qu'elle pouvait bien supporter une heure de cours. Et si Popcorn est de mauvaise humeur, je l'aiderai, elle, à se faire pardonner.

Sam avait à peine fini sa phrase que Grand-Mère Grace vint la prendre dans ses bras. Sam ferma les yeux, jouissant pleinement d'une tendresse que Mikki lui aurait enviée.

— Il fut un temps où je pouvais t'embrasser sur le haut de la tête quand je te prenais dans mes bras, dit Grand-Mère Grace à Sam. Tu es trop grande maintenant, ajouta-t-elle en lui déposant un baiser sur la joue. Tu es mignonne, reprit-elle, juste trop impatiente. Mais tu vas avoir l'occasion de t'entraîner : Mikki et Brynna restent avec nous pour le souper.

Popcorn donna une seconde chance à Mikki, et Sam s'exerça à la patience. Jake étant parti à Darton avec sa mère pour l'aider à faire les courses de la semaine, Sam prit le relais.

Si la matinée avait été surchargée, l'après-midi fut calme. Après avoir aidé Slocum avec ses Brahma, Dallas, Ross et Piment étaient partis en ville ensemble. Même Flamme avait sauté à l'arrière de leur pick-up tandis qu'ils reculaient pour sortir de la cour.

Seuls le caquètement des poules et les hennissements solitaires de Soleil Noir rompaient le silence.

« Parfait », se dit Sam. Rien ne ferait du bruit et personne ne surviendrait. Sam demanda donc à Mikki de s'asseoir dans le corral attenant à la grange où se trouvait Popcorn.

La chaleur qui s'accumulait depuis le début de la journée emplissait la structure, intensifiant l'odeur des balles de foin entassées jusqu'aux chevrons. Des rubans de soleil filtrant par les interstices du toit paraient le foin de reflets dorés avant de tomber en cascade jusqu'au sol, et Sam elle-même, zébrée de ces rais de lumière, ouvrit la porte qui communiquait avec le corral.

Elle retint Mikki un instant.

— Une fois dedans, assieds-toi, lui dit-elle. Laisse-le d'abord s'habituer de nouveau à l'idée qu'il n'a aucune raison d'avoir peur de toi.

Mikki éclata d'un rire condescendant.

— Mikki, tu ne fais pas peur à un cheval de presque trois cents kilos, lui répondit Sam.

— Ouais, je sais.

— Et d'ailleurs, qu'est-ce que ça t'apporterait ?

Pour toute réponse, Mikki souffla ostensiblement en secouant la tête, puis alla s'asseoir dans le corral.

Sam ressortit de la grange. Dans l'enclos circulaire, Soleil Noir hennit. Les planches qui formaient la barrière étaient assemblées si près l'une de l'autre qu'on pouvait à peine voir à travers. Sam et Jake s'étaient dit que cela fournirait à la jument l'atmosphère feutrée qu'elle recherchait tant. Et voilà que, maintenant, elle avait besoin de compagnie ! Sam serait allée la voir si elle n'avait pas été trop occupée.

Elle surveillait Mikki et Popcorn, tout en observant Brynna, dont elle voulait attirer l'attention. Sam avait glissé le titre de vente dans sa poche, sans être toujours très sûre de ce qu'elle voulait en faire. Elle voulait savoir si Brynna avait obtenu des informations supplémentaires sur Soleil Noir ou sur les voleurs avant de lui remettre le papier.

Mais Brynna était occupée. Elle arpentait le ranch avec Wyatt Forster. Elle pointait du doigt, faisait de grands gestes. Sam savait sans les entendre qu'ils discutaient des projets d'aménagement des bâtiments en vue de l'accueil des candidats au Programme de protection des chevaux et des cavaliers.

Plus Sam pensait à ce projet, plus l'idée lui plaisait. Ce qu'elle n'aimait pas, c'était la façon dont son père souriait. S'il se méfiait tant du gouvernement et du Bureau de gestion qui imposait aux propriétaires de ranch des taxes de pâturage exorbitantes, pourquoi minaudait-il ainsi avec la personne qui en était la principale représentante ?

Il risquait d'induire Brynna en erreur.

Lorsque Grand-Mère Grace sortit sous la galerie pour prévenir tout le monde que le repas était prêt, Sam se sentit soulagée. Son père retrouverait un comportement normal une fois assis à table.

— Tu peux sortir, dit Sam à Mikki. Discrètement.

Voyant Mikki s'éloigner, Popcorn s'avança à sa suite.

— Je ne crois pas qu'il soit en colère contre moi, fit remarquer Mikki à Sam avec une expression qui en disait beaucoup plus long.

Ses yeux bleus dansaient, sa bouche dessinait un vrai sourire d'enfant gai, et ses joues étaient roses de plaisir. Elle était heureuse.

C'est alors qu'un événement inattendu près de la maison attira l'attention des deux adolescentes. Brynna Olson venait de passer sa main dans le dos de Wyatt Forster. Ce geste aurait pu passer inaperçu si Wyatt Forster ne s'était pas arrêté pour faire face à Brynna avec grand sérieux.

Que se passait-il ? Sam ne le savait pas, mais une chose était sûre, son père et Brynna ne parlaient pas qu'affaires. La scène n'ayant bien évidemment pas échappé à Mikki, Sam essaya d'avancer une explication, sans succès. C'est Mikki qui se chargea de la lui trouver :

— Ha, ha ! s'esclaffa cette dernière. Dire que tu trouvais ton père parfait.

Sam se retint de répondre, et se vengea comme elle le pouvait sur le portail du corral qu'elle devait fermer.

Brynna et son père allaient-ils commencer à sortir ensemble ? Sam avait vu Tante Sue le faire de temps en temps. Cheveux en chignon, habillée avec élégance, elle était allée voir des concerts avec des hommes engoncés dans des costumes guindés. Mais dans le cas de Brynna et son père, c'était leur façon de se regarder qui semblait avoir changé.

Et s'ils tombaient amoureux ? Se marieraient-ils et exigeraient-ils d'elle qu'elle fasse de la place à une belle-mère sans lui demander son avis ? Non. Elle venait juste de revenir au ranch. Son père ne l'écarterait pas d'une décision aussi importante.

Sans dire un mot à Mikki, Sam prit la direction de la maison. Mikki, elle, n'était pas prête à lâcher l'affaire si facilement.

— Tu vas voir, reprit-elle. Je te parie qu'ils ne nous remarqueront même pas pendant le repas. D'abord, ils passeront leur temps à se faire les yeux doux, dit-elle, tête inclinée et papillonnant des paupières. Et après, ils nous demanderont de les laisser tranquilles.

Mikki parlait comme une experte en matière d'égoïsme chez les adultes. Toutefois, son savoir ne semblait pas la rendre heureuse. Ses lèvres retombèrent comme si le sourire satisfait qu'elle avait imité n'avait jamais existé.

— Merci beaucoup pour votre invitation, Grace, dit Brynna tandis que les cinq convives prenaient place autour de la table.

Sam ne comprit pas tout de suite que Brynna s'adressait à Grand-Mère Grace. L'appelait-elle Grace avant ? Grand-Mère Grace était-elle partie prenante dans cette conspiration romantique ? Malgré elle, elle regarda Mikki à la dérobée, et se détourna aussitôt en voyant son sourire satisfait.

Les *tacos*, que Sam adorait, eurent du mal à passer. Elle avait l'impression qu'ils étaient fourrés à la sciure de bois. La conversation, elle, cahota, menée principalement par Grand-Mère Grace et Brynna. Cette dernière annonça qu'elle n'avait obtenu aucune autre information au sujet de Soleil Noir ou des voleurs. « Qu'est-ce qu'elle peut être ennuyeuse ! » se dit Sam en se retenant de peu de lancer le titre de vente sur la table. Ce geste d'humeur ne lui apporterait que des ennuis, ce qui ravirait Mikki. Sam n'avait jamais vu une personne prête comme cette fille à faire profiter les autres de la misère dans laquelle, au fond, elle se complaisait.

Sam fit donc tout pour éviter le regard jubilatoire de Mikki. Sa détermination lui donna même le courage d'étudier Brynna. À la même heure la veille, Sam n'aurait jamais mis en doute sa bonne foi en l'entendant dire que ses recherches n'avaient pas avancé. Au pire, elle aurait pensé qu'il y avait à cela des raisons officielles, gouvernementales. Mais à cet instant précis, Sam se dit que Brynna s'était amourachée de son père et que son cerveau surpuissant était tombé en panne.

Le repas se termina enfin, et Sam se dit qu'elle serait bientôt débarrassée des invités. C'était sans compter avec le désir de sa grand-mère de jouer les hôtesses.

— Le café sera prêt dans quelques minutes, dit-elle. Sam, mets la crème et le sucre sur la table, s'il te plaît.

Sam se dit qu'elle n'était pas déprimée. Qu'elle était simplement fatiguée. Après tout, elle avait passé la nuit debout avec Soleil Noir. Il n'empêche, chaque mouvement lui coûtait et c'est au ralenti qu'elle apporta le pot à crème et le sucrier.

L'arrivée des morceaux de sucre attira un regard si fasciné de la part de Mikki que Sam se demanda si elle n'allait pas se jeter dessus et en engloutir un tout de suite.

— Qui veut du gâteau au chocolat ? demanda Grand-Mère Grace.

Sam ne gémit même pas. Elle se résigna en se persuadant que cette torture ne finirait jamais.

À la question de sa grand-mère, toutes les mains s'étaient levées, celle de Mikki comprise.

— Je veux bien, merci, fit celle-ci. Mais est-ce que je pourrais d'abord porter un morceau de sucre à Popcorn ? J'aimerais bien savoir s'il accepterait de manger dans ma main. Je vous promets, je reviendrai vite.

Étant donné que Grand-Mère Grace ne voyait jamais le mal nulle part, Sam se tourna vers son père pour une réponse sensée. Lui regardait Brynna, qui souriait, les yeux fixés sur Mikki, comme si elle n'avait pas remarqué ses airs narquois durant le souper.

— Dépêche-toi, dit Brynna. On t'attendra.

Sam débarrassa la table, tout en se demandant pourquoi elle était toujours la seule à entendre la fausseté dans la voix de Mikki. Pendant qu'elle rinçait les assiettes dans l'évier, elle leva les yeux vers le corral près de la grange. Mikki n'y était pas.

Sam jeta un regard coupable vers sa grand-mère. Heureuse d'avoir de la compagnie, celle-ci fredonnait tout en coupant de grosses parts de gâteau. Sam s'en voulait. Elle lui avait promis de donner à Mikki une seconde chance, et elle manquait à sa promesse.

Avant même que sa grand-mère n'ait terminé, Sam avait remis les assiettes propres sur la table. Mikki revint aussitôt et, si qui que ce soit sentit l'odeur de fumée, personne ne le fit remarquer.

Mais pourquoi donc ?

Grand-Mère Grace invita Brynna et Mikki à rester et à regarder la télévision ou à jouer au Scrabble, mais Brynna refusa. Elle avait l'air mal à l'aise, comme si elle avait fini par remarquer l'attitude doucereuse de Mikki. Sa voix même était tendue, lorsqu'elle prit congé en poussant Mikki vers la porte.

Le père de Sam s'empressa de l'y précéder. Avec une courbette pleine de courtoisie, il l'ouvrit pour elle. Puis son corps se figea et ses mains agrippèrent le chambranle.

— Wyatt ? s'exclama Grand-Mère Grace. Qu'est-ce qu'il y a ?

Sam sut aussitôt qu'elle n'oublierait jamais l'atroce désespoir qui vibra dans la voix de son père :

— Appelle Luke Ely et dis-lui de rameuter des volontaires. Le bâtiment des employés est en feu... Et les flammes s'approchent de la grange.

Chapitre 13

Le ranch du Méandre brûlait.

Wyatt Forster s'élança, sa fille sur ses talons. Des volutes de fumée noire s'élevaient dans le ciel du soir. Elles étaient encore peu nombreuses. En fait la cour, emplie de crépitements, était éclairée comme en plein jour.

Arrivée au centre, Sam hésita, promenant son regard alentour. Sur sa gauche, dans le pâturage de cinq hectares, les chevaux affolés galopaient en rangs serrés. Devant elle se tenait la grange pleine, elle aussi, de chevaux ainsi que de foin pour l'hiver. Pas de fumée. Pas de feu.

Sam se sentit soulagée, et plus soulagée encore lorsqu'elle constata que son père ne s'était pas trompé : la fumée noire venait du bâtiment des employés, qui était désaffecté. Toutefois, ce soulagement fut de courte durée. Ayant repris sa course, Sam se retrouva bientôt face à un rideau de flammes orangées trois fois plus hautes que la ruine qu'elles consumaient. Un mur de chaleur l'arrêta :

— Le tuyau ! hurla son père, obligeant Sam à sauter lorsqu'il le tira brusquement sous ses pieds.

Il le traîna derrière lui jusqu'au bâtiment en feu et l'eau jaillit. Sam se rassurait en se disant que la bâtisse était vide, lorsqu'une langue de feu bondit vers la grange, l'air au-dessus d'elle parsemé d'étincelles. L'autre tuyau disponible se trouvait près du pâturage. Sam l'utilisait en général pour remplir les abreuvoirs. Serait-il assez long pour venir jusqu'ici ?

— Qu'est-ce que je peux faire? lança Brynna, apparaissant soudain près de Sam.

Sam, ayant définitivement laissé ses bonnes manières à la cuisine, frôla l'agent du gouvernement dans sa précipitation et, avant de s'éloigner, se contenta de lui hurler :

— Rien !

Cette femme la rendait folle de rage. C'était elle qui avait amené Mikki. Elle ne l'avait pas surveillée. Pire encore, elle avait distrait son père de sorte que lui-même, pourtant si prudent et si peu enclin à faire confiance, n'avait pas vu la menace que constituait Mikki.

Seul Jake l'avait remarqué. Son solide bon sens manquait à Sam. Elle aurait bien aimé que Jake soit là. Mais il était à Darton, tout comme Dallas, Piment et Ross. Seuls elle et son père pouvaient sauver la grange.

Sam s'empara du deuxième tuyau, tourna le robinet et repartit en courant. Elle se hâtait tant que, lorsque le tuyau fut au bout de sa longueur, il l'arrêta en pleine course, la faisant presque décoller du sol. Elle était loin d'être devant la bâtisse en feu. Le jet atteignait à peine le nouveau bâtiment des employés.

— Arrose-le, lui dit Brynna, qui n'avait pas bougé.

— Bonne idée, concéda Sam.

Effectivement, si elle l'aspergeait, cela le protégerait peut-être des étincelles de plus en plus nombreuses au-dessus du toit. Sam s'apprêta. Mais à peine avait-elle dirigé son tuyau dans la bonne direction que la pression de l'eau diminua. Sam fut saisie d'effroi.

Son père s'était plaint du puits si souvent qu'on avait fini par cesser de l'écouter. Et voilà que soudain ses paroles prenaient toute leur signification. Certes, ils avaient acheté une nouvelle pompe, mais ils n'avaient pas creusé le puits plus profond. Ce travail aurait coûté des milliers de dollars. On n'était pas en ville. Une fois que ces tuyaux auraient utilisé toute l'eau, Sam et son père seraient forcés d'attendre que la pompe en fasse monter davantage. Mais ils ne pouvaient pas se le permettre.

Dans le corral près de la grange, Popcorn poussa un hennissement nerveux. Caïd et Douce lui répondirent du pré à côté.

La fumée n'avait pas l'odeur de celle qui sort d'une cheminée ; elle était âcre et amère. Elle lui brûlait tant les yeux que Sam eut du mal à s'imaginer l'effet qu'elle pouvait avoir sur les animaux. Elle aurait aimé leur donner du réconfort, mais elle devait garder le tuyau en main.

Dans l'enclos circulaire, Soleil Noir s'était mise à marteler le sol de ses sabots, dans l'espoir de pouvoir échapper à la menace tapie au-dehors et qui semblait tant effrayer les autres chevaux.

— Ne t'inquiète pas ! lui cria Sam, sans faire cesser pour autant l'affolement des sabots.

— Le toit !

Cette fois, c'était Grand-Mère Grace qui venait d'apparaître à ses côtés. La toiture du bâtiment désaffecté s'était creusée en forme de V dans un grand tremblement. Quelque chose à l'intérieur se consuma, faisant augmenter encore la température, et c'est dans une odeur de plastique que le toit s'effondra, avant de disparaître pour de bon.

Il était en bois. Celui de la grange était en tôle. Ceux de la maison et du nouveau bâtiment des employés, couverts de sortes de bardeaux. Mais pas en bois. Cela les protégerait-il ?

Difficile à dire. Il suffirait qu'une étincelle passe par la fenêtre de la grange et atterrisse dans le foin, pour provoquer un désastre. À l'instant où Sam se faisait cette réflexion, l'eau s'arrêta net de couler. Sam secoua l'ajutage, puis regarda par-dessus son épaule pour vérifier si le tuyau ne s'était pas noué. Rien. C'étaient les réserves qui étaient épuisées.

Sam jeta le tuyau devenu inutile et, évitant Brynna et sa grand-mère qui avaient entrepris de vider le nouveau bâtiment des employés de ses lits, de ses vêtements, de sa vaisselle, elle courut vers son père.

Lui arrivait, le visage si cramoisi qu'on l'aurait dit brûlé par le soleil. Le feu avait eu raison de ses efforts pour l'éteindre. Derrière lui, l'incendie formait désormais une tour vacillante rouge orangé. Les flammes ne crépitaient plus : elles vrombissaient comme un énorme moteur lancé à toute allure sur eux.

— Qu'est-ce qu'on va faire ? s'écria Sam.

— Prier que Luke arrive à temps, lui répondit son père, le regard rivé sur l'entrée du ranch, comme s'il essayait par pure volonté de faire apparaître le camion rouge des pompiers bénévoles.

Sam suivit son regard, mais aucun camion n'approchait. Aucune sirène donc non plus, alors qu'elle aurait alerté les voisins.

Dans l'enclos circulaire, Soleil Noir hennit. Depuis des jours, la jument s'efforçait de maîtriser sa terreur, de comprendre. Mais la fumée, les cris et le fait qu'elle était confinée avaient libéré toutes ses tensions. À entendre ses petits cris à l'aide, Sam se rendit compte qu'elle lui avait menti. Elle lui avait hurlé de ne pas s'inquiéter, que tout irait bien. Mais rien n'allait.

— Faites-la taire ! s'écria Mikki, debout sous la galerie, les mains plaquées sur les oreilles.

— Sale petite idiote ! Regarde ce que tu as

fait ! Ma maison est en train de brûler et tout est ta faute ! rugit Sam en se ruant sur Mikki.

— Sam ! Ne perds pas ton temps, claqua la voix de son père.

Aussitôt, Sam se détourna de l'adolescente en pleurs. Son père avait raison, rien de ce qu'elle pourrait lui faire ne changerait les choses.

Soudain, le gémissement d'une sirène s'éleva par-dessus le rugissement du feu. Jamais bruit n'avait été plus rassurant. Avançant à vive allure, le camion traversa le pont et passa le portail, qui était juste assez large. Ses pneus se bloquèrent en crissant et les frères de Jake, vêtus de pantalons à bretelles et de vestes jaunes, les « tenues de feu » comme on les appelle, investirent la cour. Leur hâte à manier leviers et tuyaux était telle qu'elle ne laissait aucun doute sur l'urgence de la tâche à accomplir.

Grand-Mère Grace et Brynna, qui venaient de déposer sur le monticule déjà formé de nouveaux objets pris dans le bâtiment des employés, s'arrêtèrent un instant pour regarder Luke Ely sauter à bas du camion.

Sa longue mâchoire serrée, il s'approcha du père de Sam.

— Par quoi est-ce que vous voulez commencer ?

— Par la grange et le bâtiment des employés, lui répondit Wyatt Forster en pointant ses deux index dans les deux directions concernées.

— C'est impossible, lui rétorqua Luke Ely en secouant la tête d'un geste vif.

— Pourtant, il le faut ! aboya Wyatt Forster. Le bâtiment des employés est pratiquement neuf, on a déjà rentré la réserve de foin dans la grange pour l'hiver, et...

Luke Ely referma une main de fer sur l'épaule de Wyatt Forster. Les deux grands hommes se dévisagèrent un instant. Le père de Sam ne repoussa pas la main de Luke. Il l'aurait fait, s'il avait été en colère.

Wyatt Forster avait peur. Lorsque Sam l'eut compris, elle sentit le sol se dérober sous ses pieds.

— Wyatt, mon réservoir fait à peine deux mille litres, reprit Luke en pointant le doigt vers le camion. Ça nous donne dix minutes pour combattre le feu, quinze s'il y a un miracle.

— D'ici là, les pompiers de Darton devraient être arrivés, suggéra faiblement le père de Sam.

— Tant mieux si c'est le cas, lui répondit Luke Ely. Mais pour l'instant, c'est tout ce qu'on a. Si vous essayez de sauver les deux, vous perdrez les deux.

Prise de panique, Sam sentit sa gorge se serrer, mais son père, lui, ne vacilla pas :

— On commence par la grange.

Chaque fois que le vent s'était levé, Sam avait entendu un coin ou un autre de son toit grincer tandis que le souffle essayait de s'engouffrer sous les plaques de tôle pour les soulever. Le feu, lui, trouva aussitôt la brèche. Malgré les deux tuyaux, les flammes apparurent soudain, léchant le contour du toit. D'abord modestes, en un tour de main elles se transformèrent en une ligne rouge. Une ligne si droite qu'on l'aurait dite tracée au marqueur. Soudain, à l'angle de la grange, la ligne de flammes vira et s'en alla courir jusqu'au sol.

De son côté, le bâtiment des employés abritait désormais une fournaise tout aussi impressionnante, alimentée par ses propres tourbillons. Soudain, le vent tourna, projetant des étincelles jusque dans le pâturage de cinq hectares. L'une d'elles dut atterrir sur Compère, car la génisse gémit, avant de décocher des ruades en beuglant.

De leur côté, Luke Ely et son père s'étaient mis à hurler par-dessus le mugissement des flammes. Sam s'élança vers eux pour écouter ce qu'ils se disaient, mais c'est l'un des frères de Jake qu'elle entendit d'abord. Il couvrait d'insultes le tuyau qu'il tenait. Quant à celui que Luke Ely avait à la main, il crachotait de plus en plus. La réserve d'eau serait bientôt épuisée.

Sam regarda sa montre. Les Ely étaient là depuis dix minutes et il n'y avait toujours aucun signe du gros camion-citerne de Darton. Le feu embrasait maintenant l'herbe du pâturage, où les chevaux hurlaient, totalement affolés. Wyatt Forster jeta un dernier regard désespéré vers le portail d'entrée, puis se tourna vers Sam.

— Il faut libérer les chevaux. Seth, lança-t-il en pointant un doigt sur le plus proche des frères Ely, va ouvrir les deux corrals.

Puis Wyatt Forster regarda dans la direction du grand pâturage, mais Grand-Mère Grace y était déjà et lui fit un signe de la main pour lui indiquer qu'elle avait compris ce qu'il voulait faire. Wyatt Forster reprit alors :

— Sam, va chercher Caïd et assure-toi que tous les chevaux sortent du ranch le plus vite possible. Je ne veux pas que des bêtes affolées bloquent la route du camion-citerne quand il arrivera... et laisse tomber la selle ! hurla-t-il en voyant Sam se diriger vers la grange.

Sam sursauta. Mais où avait-elle donc la tête ? Si son père ne l'avait pas arrêtée, elle serait allée tout droit dans la sellerie afin d'y prendre le matériel pour Caïd, alors que le bâtiment était en feu. Tournant les talons, elle avisa une longe posée sur la barrière. Caïd avait son licol. Il faudrait que la longe suffise.

— Sam, tu crois que tu vas y arriver ?

Son père considérait déjà les frères Ely, prêt à en choisir un pour la remplacer. Sam respira profondément.

— Oui, insista-t-elle.

Puis sans attendre, de peur de changer d'avis, elle escalada la barrière du corral. Dès qu'il la vit, Caïd trotta vers elle en secouant la tête si fort que son étoile blanche apparut sous son toupet noir. Peu lui importait que Sam ait une longe à la main. Ce qu'il voulait, c'était le réconfort d'un être humain.

Dès que l'herbe humide effleura ses chevilles, Sam se dit qu'elle était sotte de s'inquiéter. Elle était montée à cru toute son enfance. Il était impossible qu'un seul accident l'ait privée de toutes ses capacités. Elle y arriverait.

Caïd baissa la tête. Sam accrocha la longe à la boucle de son licol et sauta sur son dos. Se redressant, elle resserra les jambes contre le corps chaud du hongre et lui fit prendre la direction du portail que Seth Ely avait ouvert pour elle.

Douce les dépassa comme un boulet de canon, sa robe pie brillant à la lumière de l'incendie. Retenu par Sam, Caïd continua au petit trot et passa le portail en tirant sur les mains de sa cavalière, à droite et à gauche, tout en s'ébrouant et en grognant.

Cependant, Popcorn avait imité Douce et, bientôt, la cour du ranch fut remplie de chevaux.

Pour les pousser vers le portail, Grand-Mère Grace et Brynna se mirent à crier en faisant de grands gestes avec les bras. Aussitôt, Banjo partit en tête. Mais le bai belle face, bouche grande ouverte, ventre à terre fonça vers la prairie. C'est lui que les autres suivirent.

Sam avait décidé qu'il était temps de laisser la bride sur le cou de Caïd aussi, lorsqu'une silhouette pâle se sépara des chevaux de selle. Popcorn faisait demi-tour.

Le mustang, éperdu, revenait en zigzag vers

le corral attenant à la grange. Vers les flammes.

— Non ! s'exclama Sam.

Tournant court sur ses hanches, Caïd fit une pirouette pour couper la route à Popcorn, comme il l'aurait fait avec une vache récalcitrante. L'espace d'une minute, ils furent si proches l'un de l'autre que Sam vit dans les yeux bleus limpides du mustang à quel point il était perdu. D'abord la punition intempestive de Mikki, et maintenant, l'incendie. Pauvre Popcorn. Comment pouvait-il avoir confiance quand tout se passait toujours si mal ?

Bien que Caïd le talonne et se presse contre lui, Popcorn tenta de forcer le passage pour continuer sa course vers les flammes.

— Non ! hurla Sam à nouveau, en agitant sous son nez l'extrémité de la longe.

Il n'en fallut pas davantage. En deux bonds, Popcorn avait rejoint les autres chevaux. En un autre, il avait rattrapé Banjo. Sam maintint Caïd au petit galop, mais dès que le troupeau eut atteint la prairie, elle l'arrêta.

Ayant peine à se maîtriser, Caïd continua de danser sur place en balançant sa tête en tous sens. Enveloppée dans un tourbillon de fumée et de poussière, Sam se laissa glisser à terre et se campa fermement sur ses pieds. Elle tira alors d'un coup sec sur la longe, mais Caïd n'avait nullement l'intention de se calmer. Il remuait tant, et poussait tant de hennissements brefs et craintifs qu'il heurta Sam. Celle-ci chercha alors le mousqueton du licol. Ses mains tremblaient, car, si l'affection qu'il avait pour elle retenait pour l'instant Caïd de la renverser, il le ferait tôt ou tard, à coup sûr.

Sam décrocha la longe. Le hongre, sentant qu'il était libre, pivota sur lui-même et s'élança aussitôt à la poursuite des autres chevaux. Sam ne les regarda pas s'éloigner. Elle jeta un rapide coup d'œil vers la route sombre et vide, puis repartit en courant vers la cour du ranch, vers le feu, bien que ses poumons protestent sous la torture de la fumée.

S'il vous plaît, faites que la grange ne soit pas détruite. S'il vous plaît, faites que la maison soit épargnée.

Que Sam ait pensé ou prononcé ces mots, ses prières furent interrompues par des cris perçants.

Soleil Noir. Personne n'avait libéré la jument. L'enclos circulaire vibrait sous les coups répétés de son corps contre la barrière. Haletante, se demandant où tout le monde était, Sam souleva la clenche. Avant qu'elle ait le temps d'ouvrir le portail, la masse de l'isabelle le fit voler en éclats. Mais une fois dans la cour, la jument se figea, ébahie, désorientée.

— Par là ! lui hurla Sam en s'élançant vers elle.

Soleil Noir recula d'un bond. Sam en fut attristée. Toutes les avancées faites la nuit précédente étaient-elles donc effacées ? C'est alors que ses yeux tombèrent sur sa propre ombre, derrière elle, nette et noire à la lumière des flammes. C'était elle qui avait effrayé la jument. Sam reprit alors confiance et s'approcha de nouveau, tout en faisant tournoyer sa longe :

— Sauve-toi ! cria-t-elle à la jument.

Cette fois, Soleil Noir s'exécuta et Sam s'élança après elle, pour la suivre jusqu'au portail.

C'cst alors qu'elle entendit les sirènes. Les trois camions de pompier de la caserne de Darton déboulaient sur la route conduisant vers l'entrée du ranch.

Le premier d'entre eux avait déjà tourné et se frayait un chemin par le grand portail d'entrée. En face, Soleil Noir approchait. Horrifiée, étouffée par la fumée, Sam se figea, le souffle coupé. La collision était inévitable et la délicate jument ne pèserait pas lourd face à plusieurs tonnes de fer et d'acier.

Cependant, alors qu'il ne restait que quelques centimètres entre elle et le pare-choc du camion, d'un bond puissant, Soleil Noir obliqua, s'élança au-dessus de la barrière à bétail, se réceptionna de l'autre côté et s'éloigna au galop, sa robe dorée dans les phares du véhicule suivant. Puis, comme si une main géante l'avait balayée, elle vira brusquement dans la direction des autres chevaux.

Sam continua à la suivre des yeux alors même que les camions-citernes passaient devant elle. La jument, galopant follement maintenant, rattrapa Tank, le cheval de Ross, à l'arrière du troupeau, dépassa Douce, puis Fraise, puis Caïd, et Popcorn même.

Soleil Noir courait pour prendre la tête de la horde et Sam fut convaincue alors qu'elle ne la reverrait jamais.

Chapitre 14

Les tuyaux quadrillaient la cour du ranch. Une jeune femme, dissimulée sous sa tenue de pompier, passa devant Sam en soulevant la visière de son casque :

— Dans quelques minutes, tout sera réglé, lui dit-elle avec un sourire en pointant le doigt vers la grange. C'est sûr et certain.

Sam eut à peine le temps de marmonner un vague merci que la femme avait vite rejoint son équipe, déjà à l'œuvre dans la cour éclairée de projecteurs qu'ils avaient installés. Sam les observait encore lorsqu'elle sentit la tête de Compère contre sa main.

— Pourquoi n'as-tu pas suivi les chevaux ? lui dit Sam en s'agenouillant devant la génisse et en l'enlaçant. Petite coquine, va.

Outre l'odeur âcre qui émanait de Compère, Sam sentit sous ses doigts que ses poils étaient brûlés par endroits. Bien qu'elle ne gémît pas, Sam savait qu'elle devait souffrir et elle la laissa se coucher près d'elle sur le perron. Ensemble, elles regardèrent les flammes perdre de leur intensité et la fumée blanchir. Les pompiers n'avaient pas cessé d'asperger d'eau la grange et l'ancien bâtiment des employés, mais leurs mouvements et leur attitude étaient plus détendus. Quant aux bénévoles, ils avaient entrepris de tout remballer.

Les chevaux s'étaient enfuis et il serait sans doute difficile de les rassembler, mais au moins ils étaient en sécurité. Le père de Sam, qui aidait les Ely à enrouler les tuyaux, toussait beaucoup, mais il n'avait pas été brûlé. Grand-Mère Grace avait l'air d'aller bien aussi.

En fait, avec son jean, sa mince silhouette et l'énergie de ses mouvements, on aurait dit une adolescente. Ce fut elle qui raccompagna Brynna et Mikki jusqu'au pick-up blanc du Bureau de gestion. La portière se referma sur Mikki, la dissimulant au regard satisfait de Sam, tandis que Brynna s'attardait à faire au revoir de la main et que Grand-Mère Grace s'éloignait.

« La soirée aurait pu être bien pire », songea Sam.

Soudain, une ombre obscurcit sa vue. C'était Jake. Elle ne l'avait pas vu arriver. Sam leva les yeux vers ses épaules larges et son Stetson incliné et sourit faiblement.

— Ça va, la môme ?

Il avait grommelé comme à l'habitude, mais avec une pointe qui ressemblait tant à de l'inquiétude que Sam se jeta à son cou :

— J'aurais bien aimé... dit-il, embarrassé, le regard perdu au-dessus de l'épaule de Sam... j'aurais bien aimé être là, mais j'étais au cinéma avec ma mère. Elle aime bien ces petites sorties mère-fils, parce que je suis toujours son bébé, enfin, tu vois ce que je veux dire.

Sam hocha la tête sans parler. Jake était loin d'être un bébé. Avec lui, elle se sentait en sécurité. Il était solide et fiable. Mais surtout, c'était son meilleur ami.

Jake la serra fort dans ses bras, puis s'écarta. Sam l'observa un instant, debout devant elle, à se frotter la nuque avec la main, et elle eut presque envie de rire. Lorsque son père faisait ce geste, c'est qu'il réfléchissait ou qu'il était mal à l'aise. Sam aurait parié sur la seconde éventualité.

— La soirée a dû... euh... a dû être rude, finit-il par ânonner.

Se sentant elle-même gagnée par l'embarras, Sam renifla.

— Hé, ce n'est pas parce que je me suis jetée dans tes bras qu'il faut que ça te monte à la tête ! lui lança-t-elle. J'ai fait un câlin à Compère aussi.

Sam se délecta de la confusion de Jake, qui balançait entre rire et faible protestation, jusqu'à ce que son regard soit attiré par un mouvement de l'autre côté de la cour. Ses lèvres, soudain, se glacèrent et c'est avec la plus grande peine qu'elle dit :

— Les câlins sont contagieux.

Jake regarda par-dessus son épaule et lui répondit :

— Oui, ma mère réagit toujours comme ça quand mon père a combattu un incendie. Elle aimerait bien qu'il se limite aux travaux du ranch. Elle les trouve suffisamment dangereux comme ça.

Surprise par sa réponse, Sam avait tourné son regard vers les parents de Jake, dans les bras l'un de l'autre près du camion des pompiers bénévoles.

— Ce n'étaient pas eux que je regardais, dit-elle en laissant échapper un soupir.

— Ah, bon ? fit Jake en se tournant pour mieux promener son regard dans la cour.

Lorsque son expression se figea, Sam sut qu'il avait vu. Non seulement Wyatt Forster avait pris Brynna Olson dans ses bras, mais il l'embrassait.

Automatiquement, la main de Sam alla à sa poche et y sentit le titre de vente chiffonné. Ce petit papier devrait la débarrasser de Brynna Olson.

— Est-ce que je peux te confier Compère un instant ? demanda-t-elle à Jake.

— Je vais la remettre dans le pré. Elle se sentira peut-être un peu seule, mais au moins, elle ne risquera pas de se faire écraser par un camion-citerne.

— Merci, lui répondit Sam en s'éloignant.

Elle traversa la cour avec la sensation de marcher dans un tunnel froid et étroit. Arrivée près du pick-up, elle ignora l'embarras de son père et fit face à Brynna.

L'expression de cette femme aux cheveux roux était si compréhensive que Sam en aurait hurlé. « Épargnez-moi votre compassion, aurait-elle aimé lui dire. Je peux me débrouiller toute seule. » À la place, Sam se contenta de lui fourrer le morceau de papier dans les mains en lui lançant :

— Ça devrait vous intéresser.

— Qu'est-ce que c'est ? lui demanda Brynna.

— Lisez et vous saurez.

Sam observa l'expression de Brynna, aussitôt redevenue très professionnelle, comme si rien ne s'était passé. Soudain, Sam n'y tint plus. Prenant ses jambes à son cou, elle traversa la cour en courant, passa devant Jake comme une fusée, et se rua dans la maison.

Une fois à l'intérieur, elle escalada quatre à quatre les escaliers et, après s'être jetée dans la douche, grogna de frustration en découvrant que le robinet ne lui offrait qu'un goutte à goutte parcimonieux.

Écœurée, elle se précipita dans sa chambre où, claquant la porte derrière elle, elle enfouit son visage dans ses mains. Elle avait réellement besoin d'une douche. Elle sentait mauvais. Et d'une odeur qui semblait davantage provenir de déchets toxiques que de fumée de bois. Elle polluait sa propre chambre. Regardant Clochette sur son oreiller, elle faillit s'excuser.

— En plus, je suis sûre qu'ils vont me forcer à aller à l'école demain, gémit-elle en s'adressant au cheval en peluche. Tout le monde se fiche de savoir que ma maison a failli être détruite par un incendie, que mon cheval s'est enfui, que Soleil Noir appartient à un criminel, et que mon père a choisi ce moment pour tomber amoureux de Brynna Olson.

Sa grand-mère avait adoré Louise, sa mère. Peut-être pourrait-elle essayer de raisonner son père ?

Sam mit le réveil à sonner pour cinq heures et demie au lieu de six. Elle n'aurait pas trop de ce temps supplémentaire pour éliminer sous la douche la puanteur qui couvrait son corps et ses cheveux. Sans plus de délai, elle se coucha, déterminée à attendre pour lui parler que sa grand-mère vienne lui souhaiter bonne nuit. Elle n'entendit personne monter.

Sam découvrit le lendemain matin que c'était dimanche.

Lorsqu'elle arriva au pas de course dans la cuisine, fraîchement douchée et l'estomac prêt pour un bon petit déjeuner, elle se trouva seule. Il lui fallut quelques minutes pour comprendre son erreur. Qu'à cela ne tienne, elle décida de mettre à profit le temps qu'elle avait devant elle.

Comme il n'y avait plus de cheval pour faire une promenade, Sam se fit griller une tranche de pain, la tartina de confiture et s'attabla avec un livre qu'elle devait lire pour son cours de littérature.

L'intrigue la happa aussitôt et la mit de bonne humeur. Tout en s'étirant et en souriant, elle se dit alors qu'elle aurait plus de temps pour ses devoirs maintenant que Mikki ne viendrait plus. Car il était évident que le PPCC se débarrasserait d'une gamine aussi nuisible qu'elle.

Sam en était à se verser un supplément de jus d'orange, lorsqu'elle entendit un bruit contre la porte. « C'est bizarre », se dit-elle lorsque le coup sourd se répéta une deuxième, puis une troisième fois.

Flamme aboya et Sam, intriguée, s'approcha de la fenêtre. Un cheval était là, ses sabots antérieurs posés en haut du perron. C'était l'un de ses sabots qui heurtait le bois.

— Caïd !

Aussitôt, Sam se rua sur la porte, qui claqua derrière elle.

Son cheval était couvert de poussière. Sa queue était hérissée de piquants de bardane et son hennissement grave traduisait certainement plus un besoin de manger qu'un souhait de bienvenue. Peu importait. L'essentiel était qu'il soit revenu.

Il s'avéra que Douce l'avait suivi. Près du pâturage de cinq hectares, elle trottait en cercle en agitant la tête pour attirer l'attention de Dallas, Ross et Piment qui s'extirpaient juste de leurs sacs de couchage. Les pauvres, l'intérieur de leur bâtiment devait être encore envahi par la fumée et Sam comprenait pourquoi ils avaient préféré dormir à la belle étoile.

Sam avait pansé et nourri Douce et Caïd, inspecté les dégâts causés par le feu et l'eau dans la grange, et cherché — sans succès — les poules qui s'étaient échappées, lorsque Jake et Jen apparurent dans la cour.

Le cœur de Sam se gonfla à la vue de ses deux amis. Jake, comme toujours, était confortablement installé sur l'Ensorceleuse et Jen, sur son palomino, menait un autre cheval. Ils étaient venus pour l'aider à récupérer les animaux du ranch.

— Les chevaux sont revenus ? s'étonna Jen.

— Non, Caïd et Douce seulement, lui répondit Sam. J'ai l'impression qu'ils ont galopé une bonne partie de la nuit.

— J'ai bien fait d'amener Kitty alors, dit Jen. Même si ça n'a pas l'air de lui plaire.

Jen tenait les rênes d'un alezan fougueux, qui humait nerveusement les odeurs de fumée et de bois brûlé.

— Vous êtes géniaux, s'exclama Sam en souriant à Jake et en se dirigeant vers Jen. Quant à ma Kitty, ma belle Kitty, elle peut faire ce qu'elle veut, parce que c'est la maman de mon Blackie, ajouta-t-elle en flattant l'épaule de la jument.

— Ne la laisse pas te mener par le bout du nez, lança Jake sur un ton de commandement.

Sam s'apprêtait à lui rétorquer qu'il ferait mieux de se mêler de ses affaires, lorsqu'elle remarqua des rides d'inquiétude autour de ses yeux.

— Merci, Jen, répondit-elle alors simplement. C'est vrai que je préfère laisser Caïd se reposer.

Dès le milieu de l'après-midi, les trois amis avaient récupéré tous les chevaux, à l'exception de Soleil Noir. Une fois passé les corrals du Bureau de gestion des terres et la mare de la plaine des Tambours de guerre, le troupeau s'était calmé et, reconnaissant les lieux, avait pris la direction du Méandre dans un petit galop fluide et régulier. Seul Popcorn, qui ne connaissait pas le ranch depuis longtemps, était resté nerveux et avait dû être surveillé. L'albinos ne s'était calmé qu'à la vue des bâtiments, qui lui avaient certainement rappelé qu'il pouvait y trouver abri et nourriture.

« Si seulement Soleil Noir était là aussi », pensa Sam.

— Je parie que l'isabelle a rejoint un troupeau sauvage, lança soudain Jen comme si elle avait entendu le soupir intérieur de Sam.

Les trois amis continuèrent d'avancer en silence. Sam, au milieu, s'imagina le Fantôme trouvant la jument et l'intégrant dans son troupeau. Elle y serait si heureuse, dans l'herbe haute d'un canyon secret, protégée de la cruauté des hommes par des falaises de roche rouge. Quittant cette vision paradisiaque, l'esprit de Sam se concentra alors sur le contrat de vente, puis sur la révélation que son père lui avait faite quelques nuits auparavant.

— Bon sang ! souffla-t-elle soudain. Que fait le gouvernement si on perd un cheval placé chez soi, en sachant que le Bureau de gestion n'avait peut-être même pas le droit de le capturer, et donc encore moins de le placer ?

Inclinant la tête, une mèche blond pâle soulevée par le vent, Jen lui dit, les sourcils froncés :

— Ça demande réflexion.

Jake, lui, n'avait pas envie de comprendre :

— Pourquoi ai-je le sentiment, fit-il, les yeux rivés devant lui, que c'est le début de quelque chose que je n'ai pas envie d'entendre ?

— Est-ce que ta question a quelque chose à voir avec le CDV ? demanda Jen, faisant volontairement planer le mystère.

Contrat de vente. Sam hocha la tête.

— Oui, fit-elle, ignorant l'irritation de Jake. Mais ce n'est plus vraiment un secret.

— Qu'est-ce que tu veux dire ? s'alarma Jen, sans doute inquiète à l'idée d'être impliquée dans un crime fédéral.

— Ce que je veux dire, c'est que j'ai vendu la mèche, reprit Sam. J'ai donné le contrat de vente à Brynna.

— Le contrat de vente de quoi ? s'exclama Jake.

— Je t'avais bien dit de ne pas lui en parler, fit Jen d'une voix chantante qui lui valut un regard foudroyant en provenance de Jake.

— Le contrat de vente de Soleil Noir, marmonna Sam.

— Et puis-je savoir où vous l'avez trouvé ?

Jake s'interrompit, promena son regard de Sam à Jen, puis de nouveau à Sam, et reprit :

— Si vous... si vous avez pénétré par effraction sur le lieu d'un forfait... Non, c'est impossible. Je sais que vous ne l'avez pas fait. Même une paire d'écervelées comme vous aurait plus de bon sens que ça...

Se penchant en avant sur sa selle à son tour pour voir Jake que Sam lui dissimulait, Jen le titilla :

— C'est exactement là que nous l'avons trouvé, Jake Ely. Exactement là où toi et tes agents fédéraux étiez et n'avez rien vu.

Sur ce, prenant les rênes, Jen s'élança avec son palomino au petit galop.

Sam se tourna vers Jake. Une dizaine de réponses sarcastiques se bousculaient sur ses lèvres, mais il ne laissa s'échapper aucune d'elles. Bien. Peut-être que, s'il en avait terminé avec Jen, il pourrait se concentrer sur le vrai problème. C'est exactement ce qu'il s'efforça de faire :

— Est-ce que tu es en train d'essayer de me dire, reprit-il posément, que tu as laissé Brynna placer cette jument chez vous, alors que tu savais pertinemment qu'elle appartenait à quelqu'un d'autre, dont en plus tu connaissais l'identité ?

— Bien sûr que non, lui rétorqua Sam. On n'a trouvé ce papier que deux jours après.

— Et alors, à qui appartient-elle ?

— Curtis... euh...

— Flickinger, finit Jen, qui était repassée au trot.

— Ce n'est pas quelqu'un d'ici, fit Jake, avec une moue dubitative comme quelqu'un qui réfléchit. Mais peut-être que Brynna retrouvera le nom dans sa base de données.

— Le problème, c'est qu'il n'a pas adopté Soleil Noir, reprit Sam. Il l'a achetée à une certaine Rose Bloom qui, elle, l'avait adoptée un an plus tôt. Légalement, elle avait donc le droit de la revendre.

— Curtis Flickinger, prononça Jen lentement.

S'humectant les lèvres, promenant un regard songeur alentour, Jen secoua la tête.

— Sam, je... tu sais quoi, je suis sûre que je connais ce nom.

— Ça s'appelle prendre ses désirs pour des réalités, la rabroua Jake. Brynna n'a-t-elle pas dit que Soleil Noir venait d'un autre État ?

— Oui, capturée dans l'Oregon et conduite dans l'Idaho, puis jusqu'au Wyoming, confirma Sam.

Ce fut au tour de Jake de se pencher en avant sur sa monture et de lancer un regard satisfait à Jen. Mais celle-ci n'avait nullement l'intention de se laisser réduire au silence.

— Oui, c'est bien connu, les cow-boys ne voyagent pas beaucoup.

— Qui a dit que ce gars en était un ? lança Jake d'un ton brusque. Ce n'est pas parce que c'est un voleur de chevaux que c'est forcément un cow-boy !

Sam en avait assez de se trouver prise au milieu de leurs chamailleries. Il fallait que cela cesse.

— Vous savez quel est votre problème ? les interrompit-elle en les foudroyant tour à tour du regard. C'est que, l'un comme l'autre, vous voulez toujours avoir raison.

Jen haussa les épaules, mais ni elle ni lui ne répondirent.

— Je rentre chez moi, déclara Jake au bout d'une minute de silence, comme si Sam n'avait rien dit. Une fois l'Ensorceleuse pansée, il faut encore que j'aide mon père à faire je ne sais trop quoi qu'il a promis à Slocum de préparer pour sa fête.

— Pour son brahma-cue, le corrigea Jen.

— Ben voyons... Vous avez le droit de me fusiller si jamais vous m'entendez dire ça en public, répondit Jake en faisant tourner sa jument noire et en s'éloignant au trot.

— Donne-moi encore une minute, insista Jen. Je suis sûre que je vais retrouver où j'ai entendu ce nom.

À ce moment précis, Kitty s'effaroucha. Elle avait senti le pick-up blanc du Bureau de gestion. Depuis le début de la journée, Sam n'avait cessé de s'étonner de voir comme elle s'entendait bien avec l'alezane. Une entente qui risquait de ne pas durer. Clairement, le véhicule lui faisait peur et elle s'était mise à faire des pas de côté, menaçant de s'emballer.

Sam se pencha pour lui flatter l'encolure.

— Ce n'est rien, ma belle. Mais je te comprends. J'en ai marre, moi aussi, de ce pick-up, lui dit-elle.

— Je ne sais pas de quoi vous parlez toutes les deux, prévint Jen, mais Mlle Olson ralentit.

Sam se tourna. Si Brynna avait l'intention de s'excuser au sujet de Mikki, elle pouvait économiser sa salive. Et si elle voulait lui parler du baiser avec son père... elle avait tout intérêt à passer son chemin.

Brynna s'arrêta. Alors qu'elle baissait sa vitre, Jen soudain souffla :

— Le Bureau de gestion, mais bien sûr ! fit-elle les yeux écarquillés. Flickinger. Flick. Tu ne te souviens pas ?

Sam en était encore à réfléchir que Jen s'adressait déjà à Brynna.

— C'est bien lui, n'est-ce pas ? Curtis Flickinger est Flick, le cow-boy aux moustaches tombantes à la solde de Slocum.

— Oui, confirma Brynna. J'ai vérifié nos fiches de paie et c'est bien lui. Il travaillait pour nous en même temps que pour Slocum.

Brynna posa son regard sur Sam. Puis, juste pour le cas où cette dernière aurait oublié la pire journée de sa vie, elle ajouta :

— Curtis Flickinger est l'homme qui avait capturé le Fantôme.

Chapitre 15

Sam s'agrippa au pommeau de sa selle.

Durant le convoyage du bétail*, ce Flick lui avait mené la vie dure. Elle était revenue de Californie une semaine auparavant et il avait pris un malin plaisir à la chahuter sur ses talents de cavalière, l'avait traitée de cow-boy de pacotille. Il s'en était pris aussi à Jake, l'avertissant qu'il avait tout intérêt à protéger sa « petite copine ». C'était ce même Flick qui mettait en outre un point d'honneur à donner le surnom de « rats de prairie » aux mustangs.

À l'époque, Sam aurait pu lui pardonner ses railleries, mais par la suite il avait capturé le Fantôme.

* Voir *Cheval fantôme – L'étalon sauvage* (N.d.T.).

Flick était un as du lasso, que ce soit à cheval ou à pied. Il faisait ce qu'il voulait de ses mètres de corde. Leurs nœuds coulants se resserraient toujours autour de leur cible. C'est la raison pour laquelle Slocum l'avait embauché pour attraper l'étalon.

— C'est vrai, c'était bien lui, murmura Sam, revenant peu à peu à la réalité. Il n'a plus de moustache, mais...

Sam se remémora la scène du Canyon perdu :

— Oui, c'est ça. Cette façon nonchalante de lancer le lasso, et son fouet... oui... il l'a utilisé de la même façon aussi. Je m'en souviens maintenant. C'était bien lui.

Flick n'avait pas réussi à s'emparer du Fantôme. Cette pensée, au lieu de redonner espoir à Sam, l'accabla. Cet homme était bien trop doué pour échouer une deuxième fois.

— La police a fait des moulages des pneus du camion et de sa remorque, reprit Brynna. Mais ils ne nous serviront pas à grand-chose tant que nous n'aurons pas un véritable pneu auquel les comparer.

— Vous voulez dire que vous êtes d'abord obligés de saisir le camion pour vérifier si ce sont les mêmes ? lui demanda Jen.

— Oui, lui répondit Brynna en hochant la tête. Cependant, j'ai peut-être une idée pour faire avancer les choses.

Jen se pencha en avant pour mieux écouter. Quant à Sam, bien que son intérêt soit en éveil, elle s'occupa à remettre son tapis de selle droit pour éviter d'avoir à regarder Brynna.

— S'ils ont marqué les chevaux au fer le jour où ils les ont attrapés, la brûlure doit être résorbée maintenant. Sans compter qu'ils auront eu le temps de les engraisser. À mon avis, ils risquent fort de les présenter à la vente à Mineral ce mardi.

— Et vous serez là pour les y attendre, dit Jen.

— Exactement, avec un inspecteur de marquage et deux agents fédéraux. Mais ça m'arrangerait si j'avais aussi un témoin capable de les identifier.

À ces mots, Sam ne put s'empêcher de tourner la tête. Elle était le seul témoin.

— Ce mardi ? demanda-t-elle.

— Si Wyatt te donnait la permission de manquer l'école, est-ce que tu m'accompagnerais ?

L'expression de Brynna était pleine d'espoir. Sam savait que les voleurs de chevaux n'étaient pas le seul enjeu de cette histoire.

Brynna voulait aussi que Sam l'apprécie, qu'elle accepte ses sentiments pour son père.

Sam n'avait pas envie d'y aller, mais comment pouvait-elle refuser ? Ces bandits constituaient un danger pour tous les chevaux. Le Fantôme, son troupeau, Soleil Noir peut-être, risquaient, eux aussi, de finir à la boucherie.

— J'accepte, conclut Sam en détournant la tête pour éviter le sourire de Brynna.

Ce soir-là, Sam se coucha tard.

Elle termina ses devoirs, puis prépara son sac. Elle avait déjà sorti ses vêtements pour le lendemain matin et s'apprêtait à jeter son jean au sale, lorsqu'elle se souvint des crins du Fantôme qu'elle avait glissés dans sa poche.

Laissant courir ses doigts le long des mèches soyeuses et argentées, Sam repensa à quel point elle avait espéré qu'elles seraient un message pour Soleil Noir. C'était trop tard désormais. Elle en fit néanmoins une minuscule tresse. *Faites qu'il n'arrive rien à Zanzibar.* Sam souleva les crins du côté droit et les fit passer par-dessus ceux du milieu. *Faites que Soleil Noir n'ait plus de raison d'avoir peur.* Si les hommes qui l'avaient maltraitée auparavant capturaient l'isabelle, qu'adviendrait-il d'elle ? Sam souleva les crins du côté gauche et les fit passer par-dessus ceux du milieu. C'était de l'espoir qu'elle tressait. Toutefois, l'espoir ne suffisait pas. Une fois la tresse terminée, elle la noua et, tout en passant son nouveau bracelet à son poignet, fit le serment d'être courageuse. Jusqu'à ce jour, elle ne l'avait pas suffisamment été pour aider à capturer les voleurs. Les choses allaient changer.

Sam tendit une embuscade à Jake dans la cour centrale du lycée. Ce grand rectangle d'herbe se remplissait d'élèves tous les midis pour la pause déjeuner.

— Je reviens de suite, dit Sam à Jen.

— N'abandonne pas au premier refus ! lui ordonna celle-ci. N'oublie pas, la prochaine fois, ça pourrait arriver à Bébête ou à Caïd.

D'un hochement de tête, Sam leva le pouce en signe d'encouragement, puis tel un cheval de ranch expérimenté, coupa la route à Jake qui passait, le séparant du reste de ses camarades. Quelques remarques fusèrent de son groupe, mais Darrell, avec ses pantalons trop larges et ses paupières à demi fermées, fit à Sam un signe de tête approbateur tandis qu'elle tirait Jake derrière elle.

— Qu'est-ce qu'il y a ? fit Jake en refusant d'avancer davantage et en croisant les bras sur sa poitrine.

— Si ces voleurs ne sont pas à la salle de vente demain, il faudra que tu m'aides à les attraper. Et cesse de me regarder comme si j'avais perdu la tête, Jake Ely, parce qu'il ne fait aucun doute que ces bandits ne vont pas se jeter dans les bras des gardes fédéraux. Donc, je te propose d'aller jusqu'au Canyon perdu pendant le brahma-cue de Slocum. Je suis sûre que nous pouvons les attraper nous-mêmes. Ils ne se méfieront jamais de deux adolescents.

— Il y a une très bonne raison à cela, Sam.

Prise de court, Sam le dévisagea. Jen l'ayant convaincue que le silence était parfois aussi efficace qu'un argument, elle se tut.

— Pourquoi moi ? finit par gémir Jake. Pourquoi est-ce que tu ne demandes pas à Jen...

Remarquant sans doute l'expression satisfaite de Sam, Jake s'arrêta net, et lança un regard dans la direction de son amie.

— Mais qu'est-ce que je raconte ? reprit-il. Toi et Jen, seules dans le canyon ? Ce sont des criminels. On ne sait jamais ce qu'ils pourraient faire. Non, je refuse.

— Tant pis, fit Sam en haussant les épaules. Tu aurais pu m'aider.

— Je vais le dire à Wyatt.

— Est-ce que tu te rends compte à quel point la façon dont tu parles est puérile ? lui rétorqua Sam.

Elle aurait bien aimé faire disparaître le sourire des lèvres de Jake. Il devait penser l'avoir prise à son propre piège.

— Tu n'as jamais rapporté avant, reprit-elle.

Cette fois, c'est lui qui se tut. Comment avait-elle pu s'imaginer qu'elle gagnerait à ce petit jeu avec Jake Ely ?

— Et s'ils avaient capturé nos chevaux la nuit de l'incendie ? Qu'est-ce que tu aurais dit à M. Martinez s'ils avaient attrapé Petit Ours ?

Les yeux de Jake s'ouvrirent d'un millimètre. Encouragée, Sam continua de plus belle :

— J'ai besoin de toi, insista-t-elle, parce que tu es un excellent traqueur, parce que tu sais conduire et... parce que j'ai un peu peur d'y aller toute seule, ajouta-t-elle en passant rapidement les doigts dans sa frange auburn.

— Tu as raison d'avoir peur, la môme. Parce que c'est dangereux.

Frustrée, Sam regarda derrière Jake là où ses amis l'attendaient. Darrell se lissait les cheveux en arrière. Sam fut un instant tentée de lancer un « Je suis sûre qu'il m'aiderait, lui », mais elle se ravisa et préféra jouer son va-tout.

— Le voleur coiffé d'un chapeau gris, qui s'est comporté comme un cow-boy et qui a essayé d'attraper le Fantôme au lasso, c'était Flick.

Le visage de Jake se figea. Sam avait souvent entendu Flick le harceler. Elle avait souvent remarqué aussi son mépris inexprimé, mais qui était clairement lié au fait que Jake avait du sang shoshone dans les veines. Qui sait, Jake en voulait peut-être aussi à Flick pour d'autres raisons encore.

La cloche sonna, annonçant la fin de la pause déjeuner.

— Je vais réfléchir, marmonna Jake.

Là-dessus, il rejoignit ses amis.

Lorsque Grand-Mère Grace et Sam, arrivant du lycée, entrèrent dans la cour du ranch, elles y trouvèrent Mikki, assise seule en haut du perron sous la galerie.

— Qu'est-ce qu'elle fait ici ? s'exclama Sam.

— Je dois avouer que je n'en sais trop rien moi-même, dit Grand-Mère Grace.

— Jake n'est pas là. Qu'est-ce que je dois faire ?

— Fais-la travailler avec un des chevaux, lui répondit sa grand-mère tout en sortant de la voiture.

N'ayant pas le choix, Sam l'imita, puis, sans quitter Mikki des yeux, s'approcha d'elle. Tandis qu'elle passait devant les poteaux calcinés, uniques restes de l'ancien bâtiment des employés, elle fut saisie par la forte odeur du bois brûlé et inondé par les tuyaux des pompiers.

Pour une fois, Mikki faisait son âge. Elle portait un tee-shirt jaune froissé et un jean. Elle avait ramené ses genoux contre sa poitrine et les tenait serrés dans le creux de ses bras. Ses cheveux, au lieu de former des piquants maintenus par du gel, retombaient plats autour de son visage. On aurait dit un chiot abandonné.

Sam n'en ressentait néanmoins aucune pitié pour elle. Cette fille avait traumatisé Popcorn. Elle avait mis le feu au ranch. Elle s'était méchamment réjouie de l'idylle entre Brynna et son père.

Parvenue près du perron, Sam baissa la tête vers elle.

— Si Brynna fait un rapport, ils me renverront du PPCC pour de bon.

Si ? Sam n'imaginait pas une seconde qu'il puisse y avoir un doute.

— Et tu crois qu'elle va le faire ? demanda-t-elle néanmoins.

— Qu'est-ce qui la retiendrait ? rétorqua Mikki d'un ton sec, avant de s'effondrer : Après ce programme pilote, j'étais censée pouvoir revenir l'été prochain. Brynna m'avait même dit que, si ma conduite était exemplaire, j'aurais peut-être des chances de poursuivre l'expérience en Californie, et que si je ne m'attirais aucun ennui je pourrais travailler avec des chevaux tout le temps.

Un trémolo était monté dans sa voix, mais Mikki s'arrêta net. Le menton dans les mains, elle regarda le pâturage de cinq hectares. Compère et Petit Ours étaient occupés à se frotter le bout du nez. Fraise et Banjo se tenaient tête-bêche en fouettant de la queue, comme le font les chevaux pour se débarrasser mutuellement des mouches qui les importunent.

Si Mikki ne s'attirait pas d'ennuis avec le

PPCC, elle en aurait certainement avec son père. Sam en était persuadée.

— Ne t'inquiète pas, tu auras très vite la réponse à tes questions, lui dit-elle alors. Tu ferais donc mieux de profiter du moment présent, ajouta-t-elle en tirant Mikki par le poignet pour la forcer à se lever. Popcorn s'en est pas mal sorti, au début.

— Il me regardait, c'est tout.

Sentant l'hésitation de Mikki, Sam continua de marcher et, sans se retourner, lui dit :

— Il te regardait, mais il t'a aussi suivie une fois, tu te souviens ? Allons le voir. Il est dans l'enclos circulaire puisque...

La gorge de Sam se serra.

— ... puisque Soleil Noir n'est pas revenue.

— Je suis désolée, lui dit Mikki.

— C'est la moindre des choses, lui répondit Sam. Si on arrive à la rattraper, on risque de la faire souffrir une nouvelle fois, à moins qu'elle ne soit déjà devenue folle.

Sentant sa colère monter, Sam s'arrêta de parler. Avant même qu'elle ouvre le portail de l'enclos, Popcorn les salua en hennissant :

— Vas-y, entre, dit Sam à Mikki. Je vais te chercher des céréales. Il se décidera peut-être à s'approcher pour les manger.

— S'il le fait, tu le diras à Brynna ?

J'aimerais qu'elle sache que je sais m'y prendre avec les chevaux, avant qu'elle écrive son rapport. Je sais m'y prendre, pas vrai ? répéta Mikki en levant les yeux vers Sam. J'ai fait l'idiote, c'est tout, comme toujours.

Comme toujours. Sam sentit l'importance de ces mots. Pour une raison ou pour une autre, Mikki ne se donnait pas le droit de réussir quoi que ce soit. Mais le lui faire remarquer maintenant ne ferait qu'aggraver la situation.

— Je vais te laisser m'emprunter quelque chose, lui suggéra-t-elle.

Délicatement, Sam prit le bracelet en crins et le fit glisser de sa main.

— Je l'ai fait avec la crinière du Fantôme, lui expliqua-t-elle.

Les yeux de Mikki se rivèrent sur cet objet comme si elle s'attendait à en voir fuser des éclairs magiques.

— Je risque de le casser, dit-elle.

— Mais non.

Une dizaine de questions passèrent sur le visage de Mikki, mais elle n'en posa aucune et se contenta de tendre son bras à Sam.

— Par contre, je le récupère quand tu sortiras, lui dit Sam d'un ton bourru, en attrapant fermement le poignet tremblant de Mikki.

— Je te le redonnerai tout de suite, c'est

promis, lança cette dernière en hochant passionnément la tête.

Puis, redressant les épaules, elle entra dans l'enclos.

Vingt minutes plus tard, Sam risqua un œil à travers les interstices de la barrière et découvrit juste en face d'elle, cadrés par les planches comme sur un grand écran de télévision, Popcorn et Mikki.

L'albinos, décidant qu'il en avait assez d'être seul, avança vers l'adolescente, sa longue crinière se soulevant à chacun de ses pas. Arrivé devant elle, il s'arrêta, s'ébroua, puis se mit à lui manger délicatement les céréales dans le creux de la main.

Mikki se tenait immobile comme une statue. Seul son bras orné du bracelet en crins remuait sous les petits coups répétés du nez de l'albinos. Ses joues, elles, étaient luisantes de larmes.

Popcorn finit les céréales, mais resta sans bouger. Mikki glissa alors un regard discret vers Sam pour savoir ce qu'elle devait faire. Le hongre blanc avait décidé de placer sa confiance en elle, mais il resterait à la renforcer.

— Ne bouge pas, souffla Sam à Mikki.

Les oreilles de Popcorn se tournèrent dans la direction de sa voix. Ses muscles roulèrent sous sa peau, prêts à se détendre si la fuite s'avérait nécessaire. Mais aucun danger ne semblant le menacer, l'albinos baissa la tête et enfouit de nouveau le bout de son nez dans la main vide de Mikki. Celle-ci déroula les doigts, fit lentement pivoter sa main et, tout doucement, effleura la joue du hongre.

Aussitôt, Popcorn s'ébroua et détourna la tête, mais ses sabots, eux, ne firent aucun écart. Son corps se mit à se balancer jusqu'à ce que son épaule effleure celle de Mikki. Alors, comme si l'adolescente était un autre cheval, il s'appuya contre elle.

Plusieurs minutes s'écoulèrent. Puis Sam remarqua que la poitrine de Mikki se soulevait, pantelante. Mikki s'efforçait de refouler des sanglots plus forts qu'elle, pour ne pas effrayer l'albinos.

Au bout d'un moment, n'y tenant plus, elle s'éloigna doucement. Avant même que Sam ait refermé le portail, elle lui tendit le bracelet de crins, et cette fois, fondit en pleurs.

— Je ne suis pas digne de lui, sanglota-t-elle.

— Personne n'est digne de lui, lui répondit Sam à voix basse.

Elle ne voulait pas effrayer Popcorn, mais celui-ci, en papillonnant des paupières, venait de fermer les yeux.

— Tous les jours, on va à l'école et on oublie nos chevaux. Et quand on rentre le soir, on s'attend à ce qu'ils fassent tout ce qu'on leur demande. Le pire, c'est qu'en général ils le font.

— Mais je...

La voix de Mikki s'interrompit et les yeux de Popcorn s'ouvrirent. L'adolescente ralentit sa respiration, puis reprit :

— Je ne l'ai pas ignoré. J'ai été méchante.

Sam vacilla sous le poids de la responsabilité qu'elle sentait peser sur elle. Elle se concentra, s'efforçant de trouver une réponse aux mots confus de Mikki. De l'autre côté du pont, la Charla murmurait, mais ne lui donna aucune réponse. Cependant, Mikki attendait.

— Je suppose que c'est comme avec l'amour, finit par dire Sam. Parfois, on en est l'objet même si on ne le mérite pas. Dans ces cas-là, la seule chose à faire, c'est d'essayer.

Le profond soupir que Mikki laissa échapper indiqua à Sam que sa réponse l'avait satisfaite. Elle ne savait absolument pas d'où ses mots étaient venus. Elle n'avait que le sentiment, le plus étrange, que quelqu'un de sage et de compréhensif les lui avait murmurés. Elle n'en parlerait jamais à personne, de peur qu'on ne la prenne pour folle, mais Sam n'était pas loin de penser que cette voix silencieuse avait été celle de sa mère.

Chapitre 16

Sam se leva à la même heure que d'habitude, avala ses céréales et son toast pendant que son père et sa grand-mère mangeaient une omelette, et tâcha de se souvenir à quoi les trois voleurs ressemblaient. Si elle ne parvenait pas à les identifier, personne d'autre ne le pourrait.

— Je n'ai pas à m'inquiéter pour Flick, dit-elle. Même sans moustache, je le reconnaîtrai.

— Brynna aussi, lui fit remarquer son père sans lever les yeux de son journal. Quand j'y pense, quel dommage que cette femme travaille pour le gouvernement !

Là-dessus, il enfourna vite un morceau d'omelette, un peu comme s'il voulait une excuse pour ne pas avoir à donner d'explication.

Sam regarda à la dérobée sa grand-mère qui, en face d'elle, s'était arrêtée, sa tasse de café à mi-hauteur entre la table et ses lèvres. Pourquoi ne lui répondait-elle pas ? Visiblement, Grand-Mère Grace n'en avait pas l'intention. Elle se contenta de hausser les épaules, puis encouragea Sam à reprendre sa description :

— Et les autres voleurs ?

— Celui qui portait une chemise camouflée était trapu et avait un visage large, couvert de taches de rousseur, lui répondit Sam. L'autre avait une tignasse blanche et les yeux d'un animal effrayé.

— À mon avis, ils ne sont pas de la région.

Sam ne le pensait pas non plus. Et s'ils avaient conduit les chevaux ailleurs ? En ce cas, Brynna l'entraînait dans une quête sans espoir.

Soudain, son père recula sa chaise. Il avait les sourcils froncés. Sam croisa les doigts. Cette grimace signifiait-elle qu'il revenait enfin sur terre au sujet de Brynna ?

— Mikki ne travaillera plus avec Popcorn, dit-il.

— Pourquoi ? demanda Sam.

— Quand tu reviendras ce soir, il y aura une grande benne près des ruines de l'ancien bâtiment des employés. C'est Mikki qui va se charger de ramasser chaque morceau de bois brûlé et de nettoyer la moindre trace de cendre à la pelle.

— Wyatt, c'est trop difficile ! protesta Grand-Mère Grace.

— Bien sûr, confirma-t-il. Mais chaque pelletée lui donnera le temps de bien observer notre maison, la grange, l'autre bâtiment, et de réfléchir un peu à ce que sa négligence aurait pu avoir comme conséquences.

— Et Popcorn ? demanda Sam.

— Ça attendra. Mikki commence aujourd'hui. On aura bien le temps de reparler des chevaux quand elle aura terminé.

Lorsque Brynna arriva, il y avait encore du givre sur les bords de son pare-brise. Elle avait abandonné le pick-up blanc du Bureau de gestion pour une berline brun clair, mais elle portait son uniforme kaki et ses cheveux étaient coiffés comme à l'accoutumée en une natte serrée. Sam monta dans la voiture bien chauffée et Brynna lui sourit, mais tout chez elle annonçait qu'elle était en mission.

Sam fut rassurée. Cela signifiait que l'agent

du gouvernement lui épargnerait probablement une conversation à cœur ouvert.

Leur voiture passa l'arrêt de l'autobus. C'en était fait. Elles s'éloignaient définitivement de l'école et se dirigeaient désormais vers Mineral et son marché où l'on vendait le bétail aux enchères. Autour d'elles, le paysage était parsemé de formations de roche rouge s'élevant çà et là. La dernière fois où Sam avait pris cette route, elle venait de l'aéroport de Reno. Son père la ramenait au Méandre après une absence de deux ans et ils avaient vu un hélicoptère du Bureau de gestion pourchasser des chevaux sauvages.

Sam sourit. Ce jour-là, elle avait pensé que son imagination lui jouait des tours en faisant apparaître un étalon d'argent au sommet d'un surplomb rocheux. Elle savait désormais que ce n'avait pas été un mirage.

— Le voilà, dit Brynna en faisant un signe de tête vers la route devant elles.

Sam retint son souffle et scruta l'horizon, mais ce n'était pas le Fantôme que Brynna lui indiquait. Elle avait pris le combiné de sa radio de police et Sam l'entendit dire :

— Hé, Jim.

— Je vous vois dans mon rétroviseur, lui répondit une voix d'homme.

Un kilomètre plus loin environ, une Jeep surmontée d'une rampe lumineuse ambre, bleu et rouge, garée sur le bas-côté, démarra.

— C'est l'inspecteur du marquage, Jim McDonald, expliqua Brynna à Sam. On s'est dit que ce serait mieux de faire la route ensemble. On ne sait jamais.

— Vous avez la fille de Wyatt avec vous ? fit la voix de Jim McDonald dans le récepteur.

— Oui.

— Samantha ? Si tu vois quelque chose, dis-le-nous, que ce soit un conducteur, une voiture ou un camion que tu reconnais, peu importe, n'hésite pas.

La voix disparut avant même que Sam ait eu le temps de répondre. Brynna et Jim McDonald avaient décidé de rester dans la file de droite pour que les véhicules les doublent sur la gauche et que Sam ait le temps de bien les observer sans être vue elle-même.

Deux bétaillères les dépassèrent péniblement, mais elles étaient remplies de bœufs herefords. Puis ce fut au tour d'une voiture gris argent et de sa remorque à cheval de même couleur, mais le pie à l'intérieur n'était pas l'un des mustangs.

Les deux femmes roulaient en silence ; Brynna buvait son café tout en conduisant, lorsque soudain elle dit à Sam d'une voix tendue :

— Wyatt t'a-t-il dit que nous allions au brahma-cue de Slocum ensemble ?

— Vous faites une sortie en amoureux ? fit Sam d'un ton de défiance.

— Il était censé te prévenir, grommela Brynna en tapant le volant du plat de la main.

Bien que Brynna ait ignoré sa question, Sam avait sa réponse : cette femme et son père n'allaient pas ensemble chez Slocum pour des raisons de covoiturage. Agacée, elle s'agita tant sur son siège que sa ceinture la serra contre le dossier.

C'était déjà bien assez que son père veuille sortir avec Brynna Olson. Pourquoi fallait-il en plus qu'il soit incapable d'en parler ? Était-ce ce qu'il avait essayé de faire pendant le petit déjeuner en exprimant son regret que Brynna travaille pour le gouvernement ? Sam aurait parié qu'elle était la dernière à être informée. Ce n'était pas juste.

Elle en était là de ses réflexions lorsqu'elle entendit un cliquètement. Le camion des voleurs avait fait le même bruit. Aussitôt, elle se pencha pour regarder vers la file de gauche.

Le camion Ford qui les doublait était noir, pas brun sable comme celui qu'elle avait vu dans le Canyon perdu, mais il tirait une remorque. Cette dernière était noire également, mais elle était ceinte d'une bande orange réfléchissante. Ce détail, en plus du cliquètement, convainquit Sam.

— Sam, qu'est-ce qu'il y a ? fit Brynna.

— Je crois...

Elle s'interrompit. Elle se sentirait ridicule s'ils arrêtaient le véhicule et ne trouvaient que des plantes en pot comme cargaison.

— Vous pensez qu'ils auraient pu peindre leur camion ? demanda-t-elle alors à Brynna.

— Bien sûr. Tu parles du Ford ?

Brynna l'avait déjà repéré. Elle accéléra tout en reprenant le micro. Mais avant d'appeler Jim McDonald, elle se tourna vers Sam :

— Regarde-le bien, Sam. Est-ce que c'est bien lui ?

— Je n'en sais plus rien, dit Sam, perdant confiance en elle. Attendez avant d'appeler.

Là-dessus, le camion se rabattit devant elles et Sam entrevit dans la remorque trois croupes de chevaux : bai, rouan et noir brillant.

— Allez-y, reprit Sam. Maintenant, je sais que c'est eux.

À peine Brynna avait-elle parlé à Jim McDonald que la rampe lumineuse de la Jeep s'alluma. Au cri d'une sirène, les points de lumière rouge défilèrent dans un mouvement circulaire. Le camion noir fit une embardée vers le bas-côté de la route et ralentit dans un crissement de gravier. La Jeep se gara juste derrière lui, et Brynna à sa suite. L'inspecteur du marquage descendit et Sam remarqua qu'il était armé.

— Allons-y, fit Brynna en éteignant le moteur de la berline.

Sur ce, elle coiffa une casquette kaki pour compléter son uniforme. La jolie femme amoureuse de Wyatt Forster avait disparu, remplacée par une professionnelle aux yeux froids. Ces voleurs auraient tout intérêt à bien se tenir.

Jim McDonald s'approcha de la vitre du conducteur, tandis que Brynna passait du côté passager.

— Reste derrière la remorque, lança-t-elle alors à Sam sans se retourner.

Sam ne se fit pas prier. Elle aimait bien voir les fusillades au cinéma, mais sur une route solitaire du Nevada et en direct, c'était nettement moins rassurant. Elle se sentirait plus en sécurité près des chevaux.

Se hissant sur le rebord de la remorque, elle examina les animaux à l'intérieur. C'étaient bien les mustangs. Chacun portait une marque différente qui, malgré son regard de novice, semblait bien en être au même stade de cicatrisation.

Le mustang noir était couvert de transpiration. Se sentant observé, il essaya de tourner la tête, seulement pour se heurter chaque fois à la cloison latérale de la remorque.

Doucement, Sam tenta de le rassurer :

— Ne t'en fais pas, mon cheval. Tout va s'arranger, souffla-t-elle.

Mais sa voix effaroucha le rouan, qui se débattit sans pouvoir aller nulle part lui non plus. De peur qu'ils ne se blessent, Sam se tut.

— Messieurs, merci de bien vouloir descendre s'il vous plaît, fit Jim McDonald d'une voix calme.

— Qu'est-ce qu'il y a ? lui répondit une voix rauque que Sam reconnut comme celle du voleur à la tignasse blanche et aux yeux globuleux.

— Pourquoi est-ce que vous nous arrêtez ? On n'a pas dépassé la limite de vitesse, dit une deuxième voix, trop jeune pour appartenir à l'autre voleur que Sam avait vu.

Et si elle s'était trompée ?

— J'aimerais voir les papiers de vos chevaux,

reprit Jim McDonald. Vous pouvez me les montrer ?

— Et pourquoi voulez-vous les voir ? demanda la voix rocailleuse.

— Parce qu'il est inspecteur du marquage pour l'État du Nevada, répondit Brynna avec entrain depuis le côté passager. Non seulement il a le droit de saisir votre camion et sa remorque, mais il peut aussi vous mettre tous les deux sous les verrous s'il décide que les marques ne sont pas conformes. Enfin, si ces pauvres bêtes en ont.

— Bien sûr qu'elles sont marquées ! répondit la voix du jeune.

Sam entendit alors un froissement de papier, puis Jim McDonald, en bougonnant, demanda aux hommes de décharger les chevaux.

Les portières du camion s'ouvrirent avec des grincements, des bruits de bottes retentirent sur le sol, puis les portières se refermèrent en claquant. Vivement, Sam sauta à bas de la remorque juste à temps pour voir approcher l'homme à la tignasse blanche, qui avait vraiment des yeux d'animal effarouché.

De l'autre côté arriva son acolyte, dégingandé, avec un menton pointu. Il portait des baskets et n'avait pas plus de dix-neuf ans.

Manifestement, ni lui ni Face de lapin n'avait l'air de vouloir faire descendre les animaux. Après un moment d'hésitation, Face de lapin finit par se décider.

— Pousse-toi, la gamine, lança-t-il à Sam avec un regard furieux.

D'abord choquée, Sam trouva vite le moyen de rendre la monnaie de sa pièce à ce rustre. Se penchant pour attirer le regard de Brynna, elle hocha alors la tête avec ostentation. Jim McDonald vit son geste, mais garda le silence.

Au même instant, le rouan décocha une ruade des deux fers dans la porte de la remorque et l'homme à la tignasse blanche fit un bond en arrière.

— Vous êtes sûr que c'est vraiment nécessaire ? demanda-t-il.

— Est-ce que vous êtes en train de me dire que vous ne maîtrisez pas vos propres animaux ? s'étonna Jim McDonald.

— Ce n'est pas ça, mais ces canassons sont plus sauvages que des lynx. Ils sont trop habitués à vivre en liberté.

— Tiens donc. En liberté ? Et où s'il vous plaît ? demanda Brynna.

Les voleurs échangèrent un regard. S'ils donnaient au hasard le nom d'un ranch, on les confondrait vite. S'ils avouaient que c'étaient des chevaux sauvages qui avaient couru sur des terres protégées par le Bureau de gestion, ils auraient une amende. C'est Jim McDonald qui fit la réponse :

— Je vais vous le dire, moi, messieurs. Vos documents sont des faux, et à voir à quel point vous avez peur de ces bêtes, j'ai bien le sentiment qu'elles ne sont pas à vous.

Aucun des deux hommes ne réagit, une preuve supplémentaire, s'il en fallait, que Jim McDonald et elle avaient raison.

— Je vais me voir obligé de saisir votre semi-remorque, reprit l'inspecteur du marquage. Des gardes fédéraux sont en route. L'un d'eux vous conduira jusqu'à la prison de Darton. L'autre emportera vos mustangs au Centre des chevaux sauvages de Willow Springs, où ils resteront jusqu'à ce qu'on sache exactement à qui ils appartiennent.

— On ne les a pas volés ! s'écria le plus jeune des deux hommes.

— La ferme ! gronda Face de lapin.

Mais Brynna et Jim avaient déjà tourné toute leur attention vers le jeune. Sam elle-même voyait bien qu'il était loin d'être aussi prêt à tout que l'autre.

— Heureusement que les choses ont changé, dit Jim d'une voix détachée. Quand je pense qu'avant on pendait les voleurs de chevaux.

— Mais je vous l'ai dit, ils n'appartiennent à personne ! hurla le jeune.

— Ils appartiennent forcément à quelqu'un, s'esclaffa Brynna. Ils sont marqués, n'est-ce pas ?

— Ils étaient sauvages ! C'est juste que...

Brynna arrêta le bras de Face de lapin juste avant que son poing n'atteigne le visage du jeune.

— Votre complice ne nous dit rien que nous ne sachions déjà, lui dit Brynna. Alors, calmez-vous !

— Nous pourrions nous montrer compréhensifs, enchaîna Jim, si vous nous disiez par exemple où trouver vos deux collègues.

Face de lapin tourna un œil noir vers le jeune, lui indiquant qu'il avait tout intérêt à se taire.

— Je suis persuadée que ces autres « messieurs » sont fous d'inquiétude à l'idée que ces deux-là ne réussissent pas leur mission, railla Brynna. En fait, je suis sûre qu'ils les attendent déjà en tremblant devant le marché aux bestiaux.

— Peut-être que oui, peut-être que non, répondit Face de lapin sur le même ton.

— Ha, voilà les gardes ! lança Jim McDonald. Au moins, on sera débarrassés de vous.

Là-dessus, il se tourna pour regarder la voiture qui approchait, non sans oublier de faire au passage un clin d'œil discret à Brynna. Involontairement, Face de lapin avait confirmé que les deux autres voleurs se trouvaient bien à Mineral.

Une fois les deux prisonniers embarqués par les rangers, Sam, Brynna et Jim McDonald s'empressèrent de reprendre la route. Il était encore assez tôt lorsqu'ils arrivèrent devant le marché aux bestiaux de Mineral. Ils y passèrent la matinée à arpenter les corrals, à déambuler entre les remorques, à la recherche de Flick et de son acolyte aux taches de rousseur. Bredouilles, les yeux rougis par la fatigue, Sam et Brynna finirent par décider de rentrer.

« Un de pris, deux à trouver », se dit Sam, essayant de se rassurer, sans succès.

Assise dans la voiture, elle scrutait en silence la prairie, dans l'espoir comme toujours d'y voir apparaître le Fantôme et son troupeau. Une coulée d'herbe vert pâle recouvrait un versant de colline, laissant supposer la présence d'eau non loin de là. Tout le monde savait que les chevaux sauvages ne peuvent survivre dans la prairie que grâce à ces points d'eau. Si Sam avait remarqué celui-ci depuis la route, il n'aurait pas échappé à Flick non plus. Tant que cet homme restait en liberté, aucun cheval ne serait en sécurité, et Sam redoubla d'inquiétude.

— J'espère que tu es satisfaite d'avoir sauvé ces trois mustangs, lui dit Brynna. Si tu n'avais pas reconnu ce camion... certes, Jim les aurait peut-être repérés grâce à leur marquage, mais on ne sait jamais.

Sam hocha la tête, sans la détourner de la fenêtre. Sans doute aurait-elle dû féliciter à son tour Brynna pour l'habileté avec laquelle elle et Jim McDonald avaient traité les deux criminels. Mais elle n'en avait pas envie. Sa vision des choses ne cessait d'être troublée par l'image de Brynna dans les bras de son père la nuit de l'incendie. Il y avait pourtant assez de célibataires dans l'État du Nevada. Pourquoi ne leur donnait-elle pas rendez-vous, à eux ?

Brynna ne sembla pas associer le silence de Sam à de la colère.

— Les trois mustangs ont déjà dû arriver à Willow Springs, reprit-elle comme si de rien n'était. Et je suis sûre qu'ils se font bichonner et qu'ils ont tout ce qu'ils veulent à manger.

Sam se figura les chevaux en train de mastiquer le foin qu'on leur avait donné. Seraient-ils remis en liberté ou proposés à l'adoption ? Le Fantôme regretterait-il les deux juments et ce beau poulain noir d'un an, qui rappelait tant à Sam le Fantôme au même âge ?

Ce petit noiraud deviendrait-il comme son père ? Elle n'en saurait certainement jamais rien, mais au moins, maintenant, il avait une chance d'atteindre l'âge adulte.

L'andain d'herbe dévalait la colline et prenait fin au pied d'une muraille de roche rouge, qui semblait faite de colonnes serrées les unes contre les autres. Tout près, des peupliers de Virginie ombrageaient ce qui avait l'air d'être un petit ruisseau.

Sam ne voyait pas l'eau, mais le mouvement d'une demi-douzaine de chevaux relevant lentement la tête attira son attention. Puis tous, tels des troncs d'arbres, se figèrent. Un rayon de soleil traversa alors les feuilles et fit briller l'un d'eux avec des petits cercles semblables à des pièces argentées.

— Stop ! S'il vous plaît, Brynna, arrêtez-vous ! s'exclama Sam en reconnaissant le Fantôme.

Elle aurait préféré ne pas avoir à partager sa découverte, mais elle n'avait pas d'alternative. Le Fantôme et son troupeau étaient donc libres, mais étaient-ils en bonne santé ?

Brynna se gara aussitôt. Mais lorsque Sam tenta d'ouvrir la portière, elle lui mit une main sur le bras.

— Ton père me tuera si je te laisse t'approcher de cet étalon, lui dit-elle.

— Ce ne sera pas la première fois que je le fais, rétorqua Sam impatiemment.

— Peut-être, mais je ne t'ai pas donné ma permission.

— Et alors ? s'insurgea Sam.

Quel droit cette femme avait-elle de lui donner des ordres ?

— Ce que je voulais dire, rectifia Brynna, c'est que, lorsque tu as pénétré dans le corral du Fantôme à Willow Springs, tu l'as fait en cachette.

— Et il ne m'est rien arrivé, la coupa Sam tout en priant que l'étalon ne s'enfuie pas entre-temps.

— Je ne te dis pas que tu peux y aller, et je ne te regarderai pas non plus, dit alors Brynna en ôtant sa main du bras de Sam.

Aussitôt, Sam descendit de voiture et, sans fermer la portière derrière elle, s'approcha du troupeau à pas mesurés. Les chevaux n'avaient pas cessé de l'observer.

Seul l'un d'eux, dans l'ombre, s'agita. Sa robe était de la couleur du beurre fondu. Sam en aurait hurlé de plaisir. C'était Soleil Noir !

Toutefois, sa joie ne dura pas longtemps. La petite jument, loin de la reconnaître, s'effaroucha et s'éloigna au trot du reste du troupeau. Mais quelque chose n'allait pas. Soleil Noir se mouvait comme si ses membres étaient désarticulés. L'un d'eux était si raide qu'elle chancela. Sam remarqua alors une entaille rouge sur son poitrail.

Le soir de l'incendie lui revint alors à l'esprit, puis les cris poussés par la jument qui se jetait contre la barrière de l'enclos circulaire pour tenter de s'enfuir. À cause des voleurs, son esprit avait souffert. Et voilà que, maintenant, son corps souffrait aussi.

Le père de Sam était très strict quand il s'agissait des animaux et des personnes qui vivaient dans son ranch : chacune et chacun devaient gagner son salaire. Sam décida donc de s'approcher de la jument pour tenter de l'aider, car si elle finissait par boiter vraiment, à ses yeux, elle serait irrécupérable.

Cependant que Sam réfléchissait tout en continuant d'avancer, le Fantôme s'était élancé et il surgit soudain en plein soleil. Il dépassa l'isabelle et fonça droit sur Sam, des petits points de lumière métallique se reflétant sur chacun de ses muscles en mouvement. Ses foulées, d'abord fluides comme un cours d'eau argenté, s'emballèrent alors, puis ses sabots roulèrent comme le tonnerre. Sa tête se balançait d'un côté à l'autre, menaçant Sam sauvagement.

Il ne la reconnaissait pas. Devait-elle retourner à la voiture ?

Sam recula d'un pas, et l'étalon, glissant sur ses membres postérieurs, s'immobilisa. Son encolure alors s'allongea et il se dressa au-dessus d'elle, plus grand que jamais auparavant. La tête parfaitement à l'horizontale, il inspira et Sam vit son poitrail se gonfler. Puis le bout de son nez se leva.

« C'est impossible qu'il ne me reconnaisse pas », se dit Sam pour se rassurer.

Et pourtant, ce fut le cas. Faisant les cent pas comme un lion en cage, l'étalon continua de faire écran entre elle et Soleil Noir.

Sam aurait bien aimé pouvoir hurler : « C'est moi ! » Rien n'allait-il donc soulager la douleur qu'elle ressentait dans sa poitrine ? Un signe de reconnaissance de l'étalon lui suffirait. « Tu sais bien que je ne veux pas lui faire de mal, n'est-ce pas ? » soupira-t-elle en silence.

Le Fantôme sembla alors flairer son odeur. Il tourna vers elle son chanfrein concave, caractéristique des pur-sang arabes, et ses naseaux se mirent à vibrer. Toutefois, le petit hennissement familier qu'elle attendait ne vint pas et il refusa de s'approcher.

— Puisque c'est comme ça, c'est moi qui viens, lança soudain Sam sur le ton de la plaisanterie.

Mais sa voix tremblait : le Fantôme ne se comportait pas comme le cheval qu'elle connaissait.

Brynna se tenant à portée de voix, elle ne pouvait prononcer son prénom secret. Pis encore, elle était presque sûre que ce serait inutile. Pour l'heure, Zanzibar avait disparu. Elle avait en face d'elle un cheval sauvage prêt à se battre pour défendre son territoire. C'était un étalon qui protégeait ses juments.

Soudain il pivota et, comme s'il s'était absenté trop longtemps, repartit au galop vers son troupeau. Juste avant d'atteindre la lisière des peupliers, il s'arrêta brusquement. Sam retrouva l'espoir.

Il allait revenir vers elle, c'était certain. Et tout de suite.

Le Fantôme ne revint pas. Le corps tremblant de jalousie, il resta tout près de Soleil Noir.

Chapitre 17

Lorsque Rachel appela, Sam était seule au ranch. Son père et sa grand-mère étaient déjà partis chercher Brynna pour aller chez Linc Slocum et elle-même attendait que Jake passe la prendre.

— Samantha, c'est Rachel Slocum, fit la voix au téléphone.

Bouche bée, Sam resta muette. Rachel avait parlé avec l'accent britannique qu'elle affectait en temps normal, mais avec plus d'ostentation encore et, à moins qu'elle n'ait appelé Sam pour s'entraîner, elle ne pouvait s'imaginer pourquoi elle l'avait fait.

Elles n'étaient pas amies et le ton de sa voix ne trahissait aucune urgence. Si Rachel n'avait pas prononcé son prénom, Sam aurait pensé qu'elle s'était trompée de numéro.

— Samantha, tu es là ? dit Rachel en poussant un soupir de lassitude.

— Euh... oui.

— Ah, bon ! Je suis dans ma chambre et ma ligne de téléphone ne fonctionne pas comme elle devrait.

— Je comprends, c'est très ennuyeux... fit Sam, totalement indifférente.

Toutefois, une question lui vint subitement à l'esprit :

— Tu ne vas pas à la fête de ton père ? demanda-t-elle à Rachel.

— C'est précisément pour cette raison que j'appelle, répondit cette dernière. C'est lui qui m'a demandé de vous téléphoner pour savoir si vous ne pourriez pas prendre de la glace en chemin. On a déjà presque tout utilisé. Les traiteurs sont déjà pris par les invités et nos employés doivent s'occuper... enfin, doivent s'occuper de ses vaches, comme toujours.

Sam se serait esclaffée si elle ne s'était pas indignée qu'on lui demande de suppléer au nombre insuffisant d'employés que les Slocum daignaient rémunérer. Mais assez vite, elle vit l'avantage qu'elle pourrait tirer de la situation : si Jake et elle s'arrêtaient à Alkali, ce serait autant de gagné loin des fanfaronnades de Slocum.

Un crissement de pneus se fit entendre dans la cour. Sam tira le rideau pour regarder par la fenêtre. C'était Jake.

— Samantha, pouvez-vous vous en occuper oui ou non ? s'impatienta Rachel à l'autre bout du fil. Nous vous rembourserons, c'est évident.

— Bien sûr, Rachel, on s'en charge, dit Sam. Il faudra juste nous excuser si nous arrivons un peu en retard, c'est tout.

Là-dessus, Sam raccrocha et s'empressa d'aller ouvrir à Jake qui frappait à la porte.

Elle y fut accueillie par un compliment inattendu :

— Hé, tu es drôlement bien habillée !

— Ah, bon ? s'étonna Sam.

Baissant les yeux, la main dans les cheveux, elle considéra son haut orange sans manches, son short blanc et ses tennis. Mais très vite, elle changea de sujet :

— Tu comptes passer combien de temps à ce brahma-cue ?

— Plus de temps que je n'ai envie d'en passer à vider la fosse septique. C'est le choix que ma mère m'a laissé.

— Mais si ton hôtesse te demandait de lui

rendre un service avant d'y aller, ajouta Sam, comment pourrais-tu le refuser ?

Jake ne refusa pas et il en profita même pour acheter deux cônes de glace au chocolat pour passer le temps, tandis que Clara mettait la glace demandée par Rachel dans des sacs avant de les enfermer dans des caisses isothermes.

Jake avait englouti son cône et avait déjà pris une des caisses, lorsque Sam étouffa une exclamation dépitée. Se tournant vers elle, Jake remarqua une grosse tache marron sur son short blanc.

— Ça m'aurait étonné, fit-il.

— Je reviens, je vais passer de l'eau dessus, lui lança Sam.

Les toilettes de la cafétéria *Chez Clara* étaient carrées et exiguës. L'odeur de produits chimiques désinfectants y était telle que quelqu'un avait ouvert le vasistas. Celui-ci donnait sur la route qui passait derrière le restaurant et la station-service.

Sam était occupée à frotter son short lorsqu'elle entendit une voiture s'arrêter et des bottes crisser sur le gravier. Sans y prêter attention, elle prit un essuie-mains en papier pour mieux nettoyer la tache de chocolat qui lui résistait.

« Il y a des gens qui ne devraient jamais porter de blanc, se dit-elle, agacée de ne pas avoir le temps de repartir se changer. Et j'en fais partie. »

— Quand est-ce que tu penses être rentré ?

La voix, masculine, était si proche que Sam en avait sursauté. Sans compter que son timbre lui était familier. Sam, immobile, tendit l'oreille.

— Il me faut vingt minutes pour aller jusqu'à Arroyo Azul et, avec le chargement, vingt-cinq peut-être pour revenir...

Sam l'avait aussitôt reconnu : c'était Flick.

— Depuis qu'on lui a fait peur dans le Canyon perdu, c'est là que cette sale bête conduit son troupeau tous les soirs à la tombée de la nuit, reprit-il.

Il parlait à voix basse, mais Sam comprit que c'était du Fantôme qu'il s'agissait.

— À mon avis, je ne récupérerai jamais l'isabelle que cette gamine m'a piquée, mais on m'a fait une offre de dix mille dollars pour l'étalon. Et avant que je quitte cette ville, je te le dis, le type aura intérêt à honorer sa promesse.

Sam tremblait déjà, mais lorsqu'elle entendit

le mot « gamine », l'essuie-mains en papier lui glissa des doigts et s'écrasa sur le sol avec un bruit mat.

Flick savait-il qu'elle l'avait vu ou seulement qu'elle avait sa jument ?

Ne pouvant avoir de réponse à l'instant, Sam para au plus pressé. Le ruisseau d'Arroyo Azul s'enfonçait dans les montagnes non loin du Canyon perdu. Si Flick pouvait s'y rendre en vingt minutes, Jake pourrait le faire en dix, Sam en était sûre. De toute façon, il le fallait. La vie du Fantôme en dépendait.

— Tu n'as qu'à m'attendre chez Clara, reprit Flick. Prends-toi un menu steak, à mes frais. Dans une heure, je serai de retour et on accrochera la remorque à l'autre camion, juste pour le cas où je rencontrerais quelqu'un en revenant d'Arroyo. Ah, une chose encore ! ajouta Flick. *A priori*, elle est chez Slocum, mais si la bonne femme du Bureau de gestion débarque ici, tu sais ce que tu dois lui dire, hein ?

Comment Flick savait-il où se trouvait Brynna ? Sam en frissonna.

— Oui, que tu as quitté l'État depuis plusieurs semaines, répondit l'autre voix. Mais à mon avis, elle n'y croira pas.

— Pourtant, faudra bien, dit Flick. Parce que, d'ici à ce qu'elle me retrouve, ce sera vrai.

Il y eut des bruits de pas qui s'éloignaient, puis l'autre voix d'homme lança :

— Et si ça se passe autrement ?

— Lester, il n'y a rien que le docteur Winchester ne puisse résoudre.

Lester et *docteur Winchester.* Sam accumulait les noms à donner à Brynna. Entre eux et ses descriptions, les gardes fédéraux obtiendraient certainement des résultats. Mais pas assez vite.

C'était à Jake et à elle de sauver le Fantôme.

Sam entendit une portière se fermer, un moteur démarrer, puis le crissement des pneus sur le gravier s'éloigna peu à peu. Elle attendit impatiemment que le deuxième homme s'éloigne à son tour, puis sortit des toilettes comme un boulet de canon et parcourut le restaurant en un regard. Hormis Clara, il n'y avait là aucun visage connu.

— Tu as réussi à nettoyer la tache, ma belle ? lui demanda Clara.

— Euh... oui, merci ! lui répondit Sam, qui avait presque oublié.

— Alors comme ça, ils mettent les p'tits plats dans les grands à la Poussière dorée ?

reprit Clara en s'arrêtant de frotter son comptoir.

— Oui, dit Sam en haussant les épaules. Linc Slocum a commencé un nouvel élevage.

Clara gloussa et Sam aurait bien pris le temps de s'amuser en sa compagnie aux dépens de Slocum, mais elle avait autre chose à faire.

— Il faut que je me dépêche. Je ne voudrais pas que la glace fonde, dit-elle alors.

Sur ce, elle s'élança, passa la porte comme une fusée, et fonça droit dans Jake, qui venait justement la chercher. Déstabilisé, il recula d'un pas en grognant. Sans prêter attention à son signe de mécontentement, Sam lui lâcha :

— Tu ne vas pas me croire ! commença-t-elle avant de s'arrêter net, le souffle coupé.

— Ne pas croire quoi ?

La voix était venue d'un homme qui venait d'arriver juste derrière Jake. Il avait un visage large et couvert de taches de rousseur, que Sam reconnut aussitôt.

Lester, c'était donc son nom !

Jake tourna un regard encore plus irrité vers l'homme, mais Sam réfléchissait vite. Sans attendre, elle se mit à ricaner et passa ses bras autour de la taille de Jake.

— Eh bien, c'est un peu gênant à dire en public, susurra-t-elle, mais je viens juste d'apprendre qu'à Reno il suffit d'avoir seize ans pour se marier. N'est-ce pas formidable, mon chouchou ? dit-elle alors à Jake en se serrant contre lui avec une expression qui, espérait-elle, imitait l'amour fou.

Ce Lester croirait-il l'âge mentionné ? Jake parviendrait-il à lire dans ses yeux le message qu'elle y avait mis : « S'il te plaît, ne fiche pas tout en l'air ! »

— Je ne sais pas si c'est vrai, fit Lester en hochant la tête. Mais bonne chance à vous.

Jake le remercia par un signe de tête également, puis entraîna Sam vers le pick-up d'un pas si pressé qu'elle eut du mal à suivre son rythme. Si Lester s'était retourné, en lieu et place d'un joli couple amoureux, il aurait vu un garçon houspillant une fille de belle façon.

Une fois assis dans le pick-up, Jake tonna :

— Qu'est-ce que...

Mais avant qu'il n'ait le temps de terminer sa phrase, Sam lui avait plaqué la main sur la bouche tant elle avait peur que Lester l'entende. Encore plus mécontent, Jake la repoussa d'un geste brusque et reprit la parole :

— Tu as perdu la tête ou quoi ? Tu te rends compte ? Cette ville est un tel trou que tout le monde va savoir ce que tu viens de dire !

— Oh, Jake ! fit Sam en fermant les yeux et en secouant la tête. Si tu crois que c'est le moment. Cet homme, reprit-elle en pointant le pouce vers la cafétéria, c'est un des voleurs. Je l'ai entendu parler avec Flick.

Les sourcils froncés, Jake se calma aussitôt, permettant à Sam de reprendre sa respiration.

— Flick vient de partir pour Arroyo Azul. Il va essayer d'y capturer le Fantôme. C'était ça que j'essayais de te dire.

— Mais il fallait le faire plus tôt, la môme, lui rétorqua Jake tout en pointant le menton vers la sortie de la ville.

Une traînée de poussière cotonneuse se dispersait au vent.

— Ce doit être lui, dit Jake. Allons-y.

Sam réussit très vite à convaincre Jake qu'il fallait appeler la police. Mais il leur fallut presque tout le temps du trajet pour se mettre d'accord sur le moment exact auquel le faire.

Jake voulait aller chercher le père de Sam, le sien et Brynna chez Slocum, pour arriver en force à Arroyo. Sam savait qu'ils n'en avaient pas le temps.

Jake proposa de repartir à Alkali pour appeler le shérif du comté. Sam savait que Flick se serait déjà enfui le temps que le shérif fasse la route de Darton à Arroyo.

Au bout de dix minutes de chamailleries, Jake déclara que son souhait le plus cher était d'abandonner Sam aux vautours sur le bord de la route.

Tous deux se turent un moment, puis lui reprit :

— D'accord, maintenant, tu m'écoutes. C'est la dernière fois que je te le dis.

— Regarde la route au lieu de parler ! lui cria Sam.

— Mais je la regarde ! tonna Jake en frappant le volant du plat de la main. Et depuis quand est-ce que tu sais conduire ?

— Je ne sais peut-être pas conduire, mais je sais lire les compteurs de vitesse, lui dit Sam d'un ton péremptoire. Chaque fois que tu te tournes vers moi pour crier, elle descend à peu près de quatre kilomètres à l'heure.

Jake se passa de répondre. Le silence s'installa et, comme toujours à ce jeu-là, Sam fut la première à perdre patience.

— Bon, fit-elle. Voilà ce que je propose. On va jusqu'au ruisseau, on fait peur aux chevaux et on repart à toute vitesse pour aller chercher de l'aide.

La traînée de poussière au loin indiquait

qu'ils étaient toujours à la même distance du camion de Flick.

— Qu'est-ce qui ne te plaît pas ? reprit Sam, voyant que Jake ne lui répondait toujours pas.

— Rien, finit-il par dire. Ce n'est pas ton plan qui me déplaît, c'est ce gars. Je ne lui fais pas confiance. Il nous déteste, mes frères et moi.

— Oh, Jake ! s'exclama Sam.

— Tu peux garder tes « Oh, Jake » pour toi. Tu ne sais pas ce que c'est quand quelqu'un s'adresse toujours à toi en te disant : « Les gens comme toi, ça veut toujours... » ou bien « Les gens comme toi, ça veut jamais... »

Sam se garda de demander à Jake de confirmer ce qu'il voulait dire par là, parce qu'il roulait si vite à présent qu'elle en avait même été obligée de s'accrocher à la poignée de la portière pour rester droite.

Ils étaient en vue d'Arroyo Azul lorsque Jake pointa le doigt.

— Sam, si on s'engage sur cette route, on ne pourra plus faire marche arrière. Il saura qu'on le suit, et je n'ai pas d'autre solution à proposer, ajouta-t-il d'un ton exaspéré.

Sam savait qu'il serait bien moins tendu s'il avait un de ses frères avec lui.

— Tu es bien sûre de vouloir le faire ? insista-t-il.

— Évidemment.

Aussitôt, Jake bifurqua et s'engagea sur le chemin de terre qui menait, derrière Flick, jusqu'à Arroyo Azul. Malgré la distance et la poussière, Sam apercevait déjà la silhouette du voleur de chevaux à l'intérieur du camion. Elle se demandait s'il les avait déjà remarqués dans son rétroviseur. Et si oui, comment prévoyait-il de réagir ?

— Qu'est-ce qui te fait penser qu'il n'est pas seul ? reprit Jake. Je ne vois personne à côté de lui.

— Quand Lester lui a demandé ce qu'il ferait s'il y avait du grabuge, Flick lui a répondu qu'il n'y avait aucun problème que le docteur Winchester ne pouvait résoudre, lui répondit Sam.

— Bon sang, Sam ! murmura Jake alarmé. J'aurais bien aimé que tu me dises ça avant. À moins que je ne me trompe, ça veut dire que Flick est armé d'un fusil.

Le dernier tronçon pour atteindre Arroyo Azul devait se faire à pied. Flick avait déjà abandonné son camion sur le bord de la route, mais Jake décida de cacher le sien. Il ralentit, fit demi-tour et alla garer le pick-up derrière un buisson de genévriers.

Mais qu'il était lent ! N'y tenant plus, Sam sauta en route. Flick prenait trop d'avance sur eux !

— Sam, non ! s'écria Jake.

Sans répondre, Sam s'élança sur les pas du voleur. Elle savait bien que c'était imprudent de sa part, mais Jake la suivrait de près.

Le sentier courait tout au bord de la gorge, dont l'escarpement descendait en escalier jusqu'au ruisseau à l'eau turquoise. Ces marches, naturelles, étaient bien évidemment irrégulières et surtout étroites, mais Sam était persuadée qu'il était possible de les utiliser.

À regarder ainsi, néanmoins, elle eut le vertige. D'autant qu'au même moment le piège que Flick avait préparé lui sauta aux yeux. Comme dans le Canyon perdu, il avait monté et dissimulé des barrières qui lui permettraient d'enfermer les chevaux dès le portail fermé.

Mais où était-il ? Sam ne le voyait nulle part. Avait-il pris un raccourci pour descendre ?

Soudain, quelque chose bougea de l'autre côté de la gorge. Sam baissa les yeux. Ce n'était pas Flick, mais le Fantôme. Immobile sur l'un des paliers de la paroi d'en face, il semblait monter la garde, son corps d'argent se profilant sur le grès mordoré.

Aussitôt, Sam regarda en bas, mais aucune jument ne se désaltérait au ruisseau. Lorsqu'elle avait observé les chevaux autour du point d'eau de la plaine des Tambours de guerre, le Fantôme était descendu le premier, s'abreuvant rapidement avant de remonter vers son poste d'observation. S'il l'avait déjà fait ici, Flick l'aurait attrapé. Ce dernier était-il arrivé trop tard ou le Fantôme surveillait-il encore les environs avant de se risquer ?

— Rachel m'avait bien dit que c'était toi.

Au son de la voix, Sam pivota sur ses talons. Flick était juste derrière elle.

Grand, les épaules carrées, il était coiffé d'un Stetson gris. Plusieurs cordelettes normalement utilisées pour ligoter les veaux pendaient à sa ceinture et tout dans son attitude reflétait le cow-boy chevronné. Ses yeux froids et égoïstes exceptés, il n'était même pas désagréable à regarder.

Toutefois, il prenait beaucoup trop de place sur cet étroit sentier surplombant un précipice.

— Rachel vous avait dit que c'était moi quoi ? osa Sam.

Elle ne savait trop jusqu'où elle pouvait aller, mais il n'avait pas de fusil, il avait parlé d'une voix détendue et, si elle l'occupait, cela donnerait à Jake le temps de monter.

— Je l'ai rencontrée par hasard dans le centre commercial de Darton. Elle se souvenait que j'avais travaillé pour son père. Je lui ai offert un cappuccino dans un petit salon de thé bien chic et elle m'a mis au courant de tous les potins de la région. Et parmi eux, le fait que tu avais adopté un rat de prairie recueilli par le Bureau de gestion. Elle savait même que c'était une jument isabelle, dit Flick avec un rictus. Je me suis rappelé alors que c'était toi qui avais dissuadé cette femme, Olson, de laisser Slocum adopter l'étalon gris. Ce n'est pas bien, ça. Une fille de ton âge ne devrait pas fourrer son nez dans des affaires qui ne la regardent pas.

Flick passa son doigt sur sa lèvre supérieure, comme pour lisser une moustache qui ne s'y trouvait pas. Il avait l'air si satisfait de lui-même que le léger raclement de chaussure dans la terre sembla lui échapper.

— Si tu ressemblais un peu plus à Rachel, reprit-il, tu ne t'attirerais pas autant d'ennuis.

— Si j'étais comme elle, gronda Sam, pensant que Jake était tout près, je voudrais qu'on m'achève pour mettre fin à mes souffrances.

À peine ces paroles dites, Sam passa de la colère à la prudence. Bien qu'elle ne voie pas de fusil, Flick et elle étaient tout au bord d'un précipice, et elle commença à regretter ce qu'elle avait dit.

Chapitre 18

Flick était un voleur de bétail, pas un assassin. Sam s'efforça de garder cela à l'esprit.

— J'ai la jument isabelle, dit-elle calmement, mais ce n'est pas moi qui ai donné votre identité au Bureau de gestion des terres. Ils ont vu un document qui portait votre nom.

— Tu l'as trouvé dans l'autobus, hein.

À sa manière de froncer les sourcils, Sam comprit qu'il était furieux de ne pas avoir mieux dissimulé le titre de vente.

— Après tout, ce n'est pas grave, reprit-il en haussant les épaules, parce que, toi et moi, on va faire un petit échange. Je sais que tu considères que cet étalon gris t'appartient.

Alors ne te casse pas la tête à propos de la jument. Si jamais tu la retrouves, on sera quitte, un cheval pour un autre.

De l'autre côté de la gorge, le Fantôme avait quitté le rebord rocheux sur lequel il se trouvait. Agile et méfiant, il prenait appui sur les pierres pour sa descente. En contrebas, ses juments se dirigeaient droit dans le piège. Flick les avait vues aussi.

— Tu ne fais pas une bonne affaire, reprit-il en gloussant. L'isabelle a l'air d'être au bout du rouleau.

L'état de Soleil Noir ne s'était pas amélioré. Raide et maladroite, elle avançait en boitant au milieu du troupeau de mustangs. Mais elle était toujours en vie. Sam savait qu'elle pourrait lui venir en aide. Il lui fallait les avertir. Vivement, elle ramassa une pierre et la jeta.

Voyant que les chevaux ne s'arrêtaient pas, Flick se mit à rire, puis demanda à Sam :

— Comment t'as deviné que j'allais venir ici ?

— Le flair.

— Sans doute, répondit Flick, qui ne la considérait plus de la même manière. Ce n'est que mon poste d'observation, pour voir si les chevaux sont déjà arrivés ou non. Tu ne connais pas mon raccourci, n'est-ce pas ? ajouta-t-il en montrant de la main le fond du canyon.

Ce faisant, il s'était approché de Sam, et elle recula. Elle ne se laisserait pas pousser plus près du bord.

— Ça leur prendra un bon moment pour te retrouver, dit Flick en mettant la main sur les cordelettes attachées à sa ceinture, mais je ne crois pas que tu mourras ici ligotée comme un petit veau.

— Je ne le crois pas non plus.

Jake avait parlé d'une voix calme et assurée, que Sam se réjouit d'entendre.

Flick se raidit. Comme il faisait face à Sam, Jake se trouvait derrière lui. Lentement, Flick se retourna et vit ce que Sam avait déjà vu. Jake tenait son fusil.

— Tiens, tiens, mais c'est Jake Ely, dit Flick avec son accent traînant. Tu sais, fiston, ce fusil n'est pas chargé.

Jake sourit.

Sam aurait bien aimé que ses cellules grises lui disent ce qu'elle devait faire. Elle avait envie de courir jusqu'à Jake pour être à côté de lui. Mais il lui faudrait d'abord passer à proximité de Flick.

— De plus, ajouta ce dernier, tu n'es qu'un gamin. Tu ne vas pas tirer sur un homme et risquer de gâcher ta vie.

Le sourire de Jake se durcit un peu.

— Comme tu dis toujours, Flick, il est impossible de prévoir ce que des gens comme moi vont faire.

Juste à cet instant, Flick plongea vers Jake. Mais Sam, vive comme l'éclair, lui attrapa les chevilles et Flick s'étala avec un grognement, tandis que Jake envoyait le fusil par-dessus la falaise.

Dans la gorge en contrebas, les mustangs se mirent à appeler et à galoper, mais Sam les entendait à peine tant Flick poussait de jurons. Il roula sur le dos en tenant sa cheville dans ses mains.

— Regarde ce que tu as fait ! Aïe, regarde ce que tu m'as fait !

Le voyant se tordre de douleur, Sam saisit l'occasion et passa à côté de lui comme une flèche. Dès qu'elle fut assez proche, Jake lui saisit le bras et ils se mirent à courir.

— Dépêche-toi, la môme. (C'est à peine si leurs pieds touchaient terre sur la piste.) Ne tombe pas et ne te retourne pas.

— Si tu arrêtais de me tirer...

— Attendez ! hurla Flick. Comment est-ce que je vais faire pour descendre ? Ma cheville enfle et ma botte...

Jake fit preuve à l'encontre de Flick d'autant de pitié que ce dernier en avait eu pour Sam.

— Ça leur prendra un bon moment pour te retrouver, lui cria-t-il, mais je ne crois pas que tu mourras ici.

Lorsqu'ils atteignirent le bas du sentier, ils contournèrent à toute allure le camion de Flick et s'engouffrèrent dans le pick-up de Jake. Tous deux haletaient comme des chiens.

— Et... et s'il... parvient à se sortir de là avant notre retour ? réussit à dire Sam comme Jake mettait le moteur en marche.

— Passe la main sous ton siège.

Sam obéit et ses doigts tremblants se refermèrent sur un objet en métal.

— C'est la clef de son camion ?

— Ouais.

Sam applaudit et se trémoussa de joie. Flick était coincé maintenant ! Il ne pourrait jamais s'échapper avant que les gardes arrivent. Les chevaux n'avaient plus rien à craindre.

Sam poussa un soupir ; le soulagement lui coupait les jambes. Puis ses yeux qui se fermaient se rouvrirent d'un coup.

— Jake, pourquoi as-tu jeté ce fusil par-dessus la falaise ?

Elle l'entendit avaler comme s'il avait quelque chose dans la gorge. Il avait un air plus sérieux que jamais auparavant.

— Quand je l'ai entendu te menacer de

t'abandonner là-bas, j'ai eu peur d'être tenté de m'en servir, dit-il.

Il ne prononça pas un mot de plus, et ne quitta pas la route des yeux, jusqu'à ce qu'ils atteignent le ranch de la Poussière dorée.

Pendant des semaines, toute la région ne parla plus que de la sensation créée par Jake et Sam au brahma-cue de Slocum. Les gens se souvinrent longtemps de la façon dont Jake s'était arrêté en dérapage contrôlé pile devant la statue de glace grandeur nature d'un taureau brahma. L'histoire de Brynna, vêtue d'une robe de dentelle bleue et se mettant à la recherche de ses menottes avant d'abandonner son assiette de salade de homard, fit fureur aussi. Mais le récit préféré de Jen Kenworthy fut celui du moment où elle, Jen, et cinq garçons de la famille Ely s'étaient entassés à l'arrière d'un camion en criant : « Tout ira bien, maman ! »

Flick et Lester allèrent rejoindre leur associé aux cheveux blancs en prison, ce qui mit fin à leur carrière de voleurs de bétail. Le Bureau de gestion des terres accorda aux Forster la garde pleine et entière de Soleil Noir à condition qu'ils s'en servent dans le cadre du PPCC. Le père de Sam se décida à accepter.

Tout aurait pu être merveilleux, si ce n'est que l'on n'avait toujours pas retrouvé la jument.

Dans le vent du désert aux senteurs d'automne, Sam revenait à pied de l'école depuis l'arrêt de l'autobus. Elle ne se pressait pas. C'était le dernier jour du Programme de protection des chevaux et des cavaliers et la mère de Mikki devait venir.

Puisque Mikki avait réussi à remplir la benne de tous les débris calcinés de l'ancien bâtiment des employés, Jake avait passé la semaine à travailler avec elle et Popcorn. Mais depuis que Sam avait revu Soleil Noir à Arroyo Azul, elle était encore plus partagée au sujet de l'adolescente.

Jusque-là, tout le monde s'accordait à dire que la perte du dortoir était le seul dégât réel causé par l'incendie. Mais si les blessures de Soleil Noir ne guérissaient pas d'elles-mêmes, cela changerait tout.

Sam s'arrêta en chemin et regarda longuement les monts Calico. Ses doigts se posèrent sur son bracelet en crins de cheval et elle le fit tourner plusieurs fois. Elle avait permis à Mikki de le mettre une fois, mais Sam savait bien qu'elle n'aurait jamais dû l'ôter. Cela avait été un geste très important pour Mikki, mais à partir de là, tout était allé de mal en pis.

Le Fantôme l'avait presque attaquée. Il ne l'aimait plus, et c'était entièrement la faute de Mikki.

Lorsque le pick-up blanc du Bureau de gestion s'arrêta à hauteur de Sam, elle eut envie de crier.

— Je t'emmène ? dit Brynna en passant la tête par la vitre.

— Non, ça va.

— Eh bien, moi, ça m'arrange que tu montes, reprit Brynna. Alors, grimpe.

Avec un soupir si énorme que Brynna l'entendit forcément, Sam passa du côté passager et jeta son sac à dos à l'intérieur. Puis, une fois sa ceinture attachée, elle se croisa les bras et regarda obstinément dehors par la vitre de côté.

Comme à son habitude, Brynna fit comme si de rien n'était.

— Tu es toujours très en colère après Mikki, et après moi aussi parce que je l'ai laissée continuer l'expérience, dit Brynna.

C'était évident, et pas très futé. Sam aurait voulu ne pas répondre, mais elle ne put s'en empêcher :

— Tout est de sa faute, la grange, les blessures de Soleil Noir, le fait que Fantôme me déteste, et elle n'a pratiquement pas été punie.

Sam soupira à nouveau et se tourna vers Brynna avec un regard chargé de colère.

— Vous savez ce qui m'arriverait à moi si je fumais ? Je serais interdite de sortie pour le restant de mes jours. Et si je mettais le feu à quelque chose et qu'il s'en faille de peu que cela détruise la grange ?

Incapable seulement de se figurer la punition qu'elle recevrait, Sam secoua la tête avec effarement :

— M'enfermer, me priver de télévision, m'interdire de voir Jen ou de lui parler... Je n'arrive même pas à imaginer ce que mon père me ferait. Alors que Mikki, elle, elle s'est bien tirée d'affaire.

— Tu crois que ce serait mieux si je lui interdisais de poursuivre le programme ? Je devrais l'emmener voir Soleil Noir et la renvoyer chez elle le cœur brisé par la conscience de ce qu'elle a fait ? demanda Brynna.

Sam approuva de la tête :

— Oui, c'est ce que je pense.

— J'y ai songé, avoua Brynna, et je ne te reproche pas ton point de vue. Mais je crois que je sais ce qui se passerait si j'agissais ainsi.

— Quoi donc ?

Sam regretta d'avoir posé la question, car Brynna freina aussitôt et s'arrêta juste avant le pont du Méandre.

— Lorsqu'elle rentrerait chez elle, Mikki en garderait un souvenir amer et douloureux, exactement comme tous les autres. Elle oublierait ce qui était bien lorsqu'elle travaillait avec Popcorn, et elle deviendrait de plus en plus dure et méchante, jusqu'à ce que cela ne soit plus une façade, mais la vérité profonde de sa personnalité.

Sam essaya d'éviter les yeux bleus de Brynna, mais sa conscience le lui interdit. Elle repensa à ses propres erreurs. L'une d'entre elles avait failli coûter la vie à Compère. Et pourtant elle avait réussi à regagner la confiance de son père.

Tout comme Sam ne pouvait pas renoncer à Soleil Noir et au Fantôme comme s'ils étaient des causes perdues, Brynna ne voulait pas qu'elle renonce à Mikki. Sam sentit son cœur s'ouvrir, pour donner à Mikki une nouvelle chance, juste une.

La mère de Mikki était déjà arrivée au ranch. Elle s'appelait Kathy. Elle avait des cheveux blond décoloré qui gonflaient autour de son visage mince et inquiet et mâchait énergiquement du chewing-gum.

Dans le pré de cinq hectares, Mikki s'approcha de Popcorn.

Sam s'était appuyée contre la barrière avec son père et sa grand-mère, tandis que Brynna était restée à côté de Kathy.

— Pourquoi est-ce que vous les avez mis ici ? demanda Sam à son père.

— C'est une sorte de mise à l'épreuve, dit-il. C'est plus difficile quand il y a d'autres chevaux et de la place pour se sauver.

Mais Popcorn ne se sauva pas. Comme Mikki s'approchait de lui, le licol et la longe en main, Popcorn cessa de brouter. La tête dressée, il s'approcha de Mikki au petit trot.

Sam se remémora les règles que Jake avait fixées au tout début. Il fallait que Popcorn vienne vers elle sans que ce soit de la nourriture qui l'attire. Il fallait qu'il lui permette de lui toucher la tête et l'encolure sans broncher. Il fallait qu'il lui fasse confiance. Alors Jake la laisserait monter l'albinos.

Non seulement Popcorn toléra la caresse de Mikki, mais il y prit grand plaisir. Sam le vit bien à la façon dont il pressa la tête contre sa main, à peine l'avait-elle levée.

— Oui, c'est bien un mustang, dit Brynna

en réponse à une question que Kathy avait posée doucement. Il a subi des mauvais traitements et c'est Mikki qui lui a permis de surmonter cela.

Kathy applaudit.

Surpris par le bruit, le hongre fit un pas de côté et ses oreilles trahirent une appréhension, mais il resta avec Mikki, même lorsqu'elle lui passa le licol et que sa mère s'écria :

— Vas-y, mon chou !

C'est alors que le vent apporta un message aux dix chevaux dans le pré. Tous se tournèrent ensemble vers la montagne. Popcorn, que Mikki avait commencé à faire marcher, s'arrêta lui aussi et poussa un hennissement.

Depuis la berge opposée de la rivière, tel un défi, s'éleva alors un cri puissant dont l'écho resta en suspens dans l'air un instant.

Sam n'en croyait pas ses yeux. Le Fantôme était là, luisant avec la blancheur et la perfection du marbre, sa crinière flottant sur ses épaules. Puis, ses sabots brassant l'air, il se cabra.

— Qu'est-ce qu'il est beau !

— Oh, Sam, il est incroyable !

Sam ne savait pas qui avait parlé. Elle savait seulement que jamais auparavant le

Fantôme n'était venu au Méandre en plein jour.

Il se cabra à nouveau, appelant Sam de son hennissement. Elle s'élança et courut vers le pont en s'efforçant de ne pas pleurer. Soleil Noir était avec lui. Par petits coups du bout du nez, il poussa l'isabelle vers la rivière, mais arrivée au gué, elle hésita, n'osant pas traverser sans lui.

— Viens, ma belle, appela Sam. Tu en es capable.

La jument ne voulait pas quitter l'étalon. Et pourtant, elle était blessée et avait besoin de l'aide des humains. Le Fantôme semblait le savoir, mais pourrait-il le lui faire comprendre ?

D'un nouveau hennissement profond et impérieux, le Fantôme ordonna à la jument de cesser de faire des difficultés. Au moyen d'un petit coup de dent, il la poussa à avancer. Soleil Noir fit quelques pas précipités et mal assurés, puis s'arrêta, et, subitement, Sam eut une idée.

— Mikki, amène Popcorn ! lança-t-elle en jetant un coup d'œil derrière elle.

Jake ouvrit la barrière du pré. Mikki sortit avec l'albinos, mais la défaite se lisait sur son visage.

La dernière fois où elle avait mené Popcorn hors de l'enclos, il s'était effarouché et elle n'avait pas su le rassurer. Cette fois, elle devait être forte. Tout en dépendait.

— C'est ça, dit Sam d'un ton encourageant. Fais-lui simplement traverser le pont et mène-le au bord de l'eau. Elle le connaît. Elle viendra vers lui. Alors, nous pourrons l'aider.

Popcorn marqua un arrêt lorsqu'il entendit le bruit de ses sabots sur le pont en bois. Il poussa un hennissement inquiet et caracola à l'extrémité de la longe. Immobile, Mikki attendit.

Sam ne percevait pas ses paroles, mais Mikki parlait à l'albinos. Elle était presque aussi blanche que lui. Enfin, Popcorn s'ébroua et la suivit. Il finit de franchir le pont et descendit sur la rive comme s'il le faisait tous les jours depuis des années.

Soleil Noir le salua d'un hennissement puissant. En quelques bonds, au milieu des éclaboussures, elle atteignit l'autre bord et vint frotter son museau contre lui. Puis elle se retourna et regarda le Fantôme. Sam ferma les yeux.

« Il t'a laissée aller pour ton bien. Ne repars pas. » Tout en pensant cette phrase, elle avait fait tourner le bracelet à son poignet, mais quand elle ouvrit les yeux, rien n'avait changé.

Soleil Noir, indécise, tremblait toujours. Le Fantôme n'avait pas bougé. Pendant une minute entière, il resta là, l'encolure arquée, la queue dressée, immobile. Puis, sentant tous les regards sur lui, il pivota. Propulsé par son arrière-main musclée, il s'élança, sa queue flottant derrière lui, semblable à des centaines de rubans en satin.

Parler lui faisait mal à la gorge, mais Sam parvint à articuler quelques mots :

— Ramène-les dans l'enclos, Mikki. Vas-y doucement.

D'un geste, Jake fit comprendre aux personnes présentes qu'il fallait laisser de l'espace à Mikki et aux deux chevaux. Tout le monde obtempéra, et la fillette joua son rôle comme quelqu'un de métier. Même une fois que la barrière du pré fut refermée sur elle, elle ne perdit pas son calme. Tout en souplesse, elle flatta l'encolure de Popcorn pendant qu'elle lui ôtait le licol, et observa ensuite comme lui et l'isabelle se mettaient à trotter maladroitement côte à côte.

Sam respira un grand coup. Elle avait apparemment retenu son souffle tout ce temps. Elle entendit Brynna pousser un soupir et vit que Kathy pleurait. Lorsqu'elle passa à côté de son père, il sourit et Jake lui fit un signe d'approbation.

Le Fantôme lui faisait toujours confiance. Il l'avait prouvé en ramenant Soleil Noir. Mais Sam savait qu'elle partageait avec Mikki l'honneur d'avoir sauvé la jument.

Lorsque Mikki revint à la barrière du pré, elle s'y appuya et ce fut à son tour de fermer les yeux. Elle revenait de loin.

Les doigts de Sam se posèrent sur le bracelet. Elle le fit glisser de son poignet, puis le tint de sorte que le soleil couchant frappe les différentes nuances d'argent des bandes entrelacées qui le composaient. Elle referma sa main dessus une dernière fois, puis le tendit à Mikki.

— Tiens, c'est pour toi, dit-elle.

Mikki mit ses mains derrière son dos.

— Je ne peux pas faire ça.

— Bien sûr que si. D'accord, il n'est pas magique, mais... il représente quelque chose, ajouta Sam en haussant les épaules.

Mikki acquiesça. Avec des doigts tremblants, elle prit le bracelet et le glissa autour de son poignet.

Un coup de vent apporta l'odeur de l'herbe, des chevaux, et des feuilles qui prenaient la couleur dorée des moissons. Popcorn termina sa course avec l'isabelle. Il hennit et, au pas, retourna vers Mikki et la barrière.

— J'en prendrai bien soin, assura Mikki.

— C'est bien, dit Sam. Peut-être que tu pourrais le porter quand tu reviendras l'été prochain.

— D'accord, promit Mikki. Tu es sûre ?

Sam sourit. Mikki lui donnait une dernière chance de changer d'avis.

— J'en suis sûre, dit Sam.

Mais elle ne la regardait plus. Ses yeux suivaient le Fantôme, qui flottait toujours plus haut sur le sentier le menant vers les monts Calico.

— Je crois que je pourrai en faire un autre.

Table des matières

Terri Farley

L'auteur est une passionnée de chevaux. Elle a quitté Los Angeles pour le Nevada, après des études d'anglais et de journalisme. Elle dirige désormais un ranch et écrit des romans et des articles sur les habitants et les animaux de l'Ouest américain, plus particulièrement les chevaux sauvages.

Catherine Guillet-Danison

La traductrice a beaucoup voyagé pour découvrir l'étranger, et vit maintenant en France avec son fils. Au gré de maintes et diverses occupations, elle a découvert la traduction. Maintenant plus sédentaire, c'est par le biais des livres qu'elle continue de voyager ; et c'est par la traduction qu'elle veut partager ses découvertes avec des lecteurs intéressés par l'inconnu comme elle l'est.

Cet
ouvrage,
le mille vingt-septième
de la collection
CASTOR POCHE,
a été achevé d'imprimer
sur les presses de l'imprimerie
Maury Eurolivres
Manchecourt – France
en mai 2006

Dépôt légal : juin 2006.
N° d'édition : 3410. Imprimé en France.
ISBN : 2-08-16-3410-4
ISSN : 0763-4497
Loi n° 49-956 du 16 juillet 1949
sur les publications destinées à la jeunesse